戦争を悼む人びと

Hiroko Sherwin
シャーウィン裕子

高文研

はじめに

明治維新以来、日本人は大車輪の勢いで近代化を推し進め、欧米諸国を驚嘆させる進歩を遂げた。しかし資源の無い日本は、征韓論に始まる領土拡張の夢を失うことがなかったようで、台湾・朝鮮を植民地にしてから満州（中国東北部）を占領し、広範な中国の領域に泥沼の侵入を続けた。さらに仏印（フランス領インドシナ、現在のベトナム・ラオス・カンボジアにあたる領域）に進出を始めたとき、日本はアメリカによる石油輸出禁止で行く手を塞がれた。石油の供給が閉ざされた小国が、その産出量五〇〇倍の大国を相手に戦争をすることは常識ではないのに、崖っぷちの前で止まることを知らない車輪のように、日本はアメリカとの戦争に突入した。一九四五年八月一五日、アジア・太平洋戦争が終わった日に、人々は力尽き、荒廃した祖国の原点に立ち戻った。

だが日本は灰の中から立ち上がり、朝鮮戦争やベトナム戦争の後方支援をした見返りもあって、目ざましい復興を遂げて、今や世界三位の経済大国となった。ただ一つ残念だったことは、戦争の悪夢を忘れたいばかりに、国家としてそれに向き合って十分に反省をし、国外の犠牲者を悼むことを怠ったことだった。個人的な悲しみや苦悩を胸に秘め続けていた人はあったが、国家としては植民地支配の責任は認めず、戦争で被害を与えた国々に対しては経済協力をすることで精算が済んだと考え、経済的な成功によって、戦争に負けた面目を取り戻したと喜んだ。多くの人は日本軍が外地で何をしたかを知ろうとしなかったし、学校では日本がどんな戦争をしたかを教えなかったから、戦後の世代は自分の国の〝負の歴史〟を学ばないで育った。

私は一九三六年、名古屋に生まれ、戦時中を岐阜県の多治見に過ごした。大学卒業後、アメリカに三〇年、スイスに九年滞在し、ミレニアムの年（二〇〇〇年）からイギリスに住んでいる。祖国日本を外から見るチャンスを与えられた者として、帰国するたびに、その驚くべき経済的繁栄に目を見はり、誇らしく思った。それと同時に、外国人たちがいまだ語り継ぐ戦争のことを、日本人はそれがあたかもなかったかの如くに現在と将来のみに目を向けて邁進している姿に戸惑いを感じた。外国では日本の過去の戦争責任について聞かれることがあっても、日本ではそれを問題として認識している人に出会うことが稀だった。戦争に対して歴史修正主義的な見方をする人が増える以前でもそうだった。

私自身も日本にいた頃、戦争について被害者意識しか持たず、その罪責などは考えることもなかったのだが、一九六〇年にアメリカに行ってまもなく、歴史の授業を聴いた大学の教室に、墨の字で「不要忘記南京大屠殺。打倒東洋鬼子日本人。他門殺了三十萬中國平民」（南京虐殺を忘れるな。東洋鬼日本人を倒せ。彼らは三〇万人の中国市民を殺した）と黒々と半紙に書き、横には英訳文をつけ加えたポスターが、三面の壁に十数枚貼りつけられていた。

私はその日、そのクラスのあとで大学の図書館に行き、南京虐殺について初めて学んだ。「東洋鬼」の日本兵が三〇万の中国市民を殺したというその数には疑問があるとしても、虐殺があったことは確からしい。どうして日本の学校では戦争の真実の姿について教えてくれなかったのか？　高校の歴史の先生は、埴輪や日本書紀の神の話を古代そのもののように悠長に続け、学年が終わる頃にやっと明治維新にたどりついた。あれはわざと戦争の時代に触れたくなかったからなのか？　日本はなぜ負けるとわかっていた戦争を始めたのか？　なぜふだんは優しく理性的な日本人が戦場に行ったとき、鬼になったのか？　同じ条件が揃えば、日本人にかぎらずどこの国の兵士たちも同じことをするだろうか？

　あり余る疑問を持ちながら、答えを求める努力は、子育てや病気を理由に怠っていた。あるとき父方の祖父の生涯をたどって小説を書いた。アメリカに住んでいたので、外国人に日本についてもう少し知ってもらいたいという念願から、英語で書いた。祖父は典型的な明治人で、日本の近代化のために一生を捧げた人だった。彼の人生をたどることは近代の日本史を知ることだった。欧米に追いつこうと焦った富国強兵の努力が、資源獲得のための侵略や植民地を得るための帝国主義と結びついていったのは残念だった。

　夫の仕事で、アメリカからスイス、それから英国に移り住んだ。普通のイギリス人はとても親切だったが、老人の中にちょっと意地悪な人がいた。彼らは戦時中に日本軍の捕虜として泰緬《たいめん》鉄道（タイとビルマをつなぐ鉄道）や日本国内の収容所で働かされ、戦後半世紀が過ぎても日本人の顔を見れば震え出すというような人たちだった。私は戦時中に捕虜がそんな目に遭っていた事実も知らず、恥ずかしく思った。隣人が、門司《もじ》（北九州市）の収容所にいた彼の父の日記を見せてくれたのをきっかけとして、イギリスの各地を訪ねて元捕虜に取材した。それをまとめて『それでもぼくは生き抜いた―日本軍の捕虜になったイギリス兵の物語』（梨の木舎、二〇〇九年）という本を書いたが、元捕虜たちが時折見せた冷たい目が心から離れなかった。

元英国軍兵士たちに会ってから、日本が戦ったアジア・太平洋戦争のほんとうの姿を知るために、歴史学者とはほど遠い素人ながら、戦争関係の本を読んだ。その中で心に残った数々の本の一冊に、飯田進さんの『魂鎮《たましずめ》への道―BC級戦犯が問い続ける戦争』（岩波現代文庫、二〇〇九年）があった。政府が戦争を正当化するために創り上げた大東亜共栄圏というアジア民族解放の謳い文句に、自らの青春をなげうつに値するロマンを感じた青年が、海軍民政府に雇われてニューギニアに行き、戦況悪化とともに戦争に巻き込まれた。戦後、現地住民の殺害の罪を問われた飯田さんは、自分の過去の価値体系を全面的に否定しなければならなかった。日本軍の論理や行動は、大東亜共栄圏の理念とは甚だしく乖離していた。東京裁判では、彼のようなBC級戦犯〈注1〉と違って、戦争指導の中枢にいた高級軍人たちの多くは罪を問われなかったし、日本軍の重慶爆撃〈注2〉や米軍の本土空襲のような一般市民を殺戮した無差別爆撃や原爆投下も裁かれなかった。日本は国家として、戦後になっても倫理的規範を持たず、精神的、心理的に閉塞状態にあり続けた。

戦後、多くの日本人はアジア、太平洋各地における日本軍の犯罪行為の事実を知らず、自分たちの民族がたどってきた歴史の検証を怠ってきた。日本がなぜ戦争をしたのか、それが日本国内だけでなく、外国にどのような被害を及ぼしてきたのかに対決しなかった。戦死者たちとともに葬り去った歴史を振り返り、「その反省の上に立った民族としての謙虚さ、精神の豊かさ、勇気を取り戻す必要があります」と飯田さんは書いていた。

私は彼の言葉に深く共感した。戦争の歴史を振り返る一つの方法として、飯田さんや、その他の元兵士たちに会って、彼らがどんな戦争を戦ったかをまず知りたいと思った。二〇一〇年から一四年にかけて日本に数回帰って、元兵士の方々に取材をさせていただき、彼らの証言をこの本の前半に書いた。すでに生存者は少なかったし、たいていの生存者は九〇歳以上だった。「もうじき、戦争に行った者がひとりもいなくなるときが来る。そうしたら戦争のほんとうの話ができるもんはもういない。だから自分の人生で一番辛かった時代の恥も悔いもみな話しておかなけりゃならん」と言う老兵士がいた。だれにとっても自分の行為を偽らずに語ることはむずかしい。それを敢えて打ち明けてくださったのは非常に勇気を要することで、ここに再び尊敬と感謝の気持ちを表したい。

彼らの話は外国人にも読んでもらいたいと思った。しかし自国の歴史の暗い面について自分が学ぶことはいいとしても、それをよその国の人に伝えることにはわだかまりがあった。しかしあの戦争は多くの国の人々を巻き込んだ世界史のできごとだった。そこで起こったことの真実を伝えることは、あの戦争で苦しみ、または亡くなった人たちに対する責任であり、せめてもの花むけなのだと考えた。それでこの本は最初に英語で書いた。

元兵士たちから、戦場での日本軍の加害行為を聞くにつれ、戦後の日本人は戦争とどのように立ち向かったのかということが気になった。昭和天皇は、彼のために戦って命を落とした人々に対して謝りの言葉を表さなかった。戦後の歴代の首相は一九九〇年代になるまで、世界に対して正式の謝罪の声明を述べたことがなかった。そうした状況にあって、日本人の戦後世代はどんな戦争処理をしたのか。

それで戦後世代の方々に取材し、そのことを本の後半に書いた。日本は国としては反省が足りなかったとしても、個人としては、父の加害について苦しみ、その犠牲者が住む外国の土地に出かけて謝罪をした方もあったし、犠牲者との和解を求めるための組織を創って積極的に行動を起こした人たちがいた。そういう方々に出会ったことは、この企画の大きな収穫であった。

一方で、「あれは侵略戦争ではなくて、自衛のための戦争でした。『慰安婦』も強制的に連れてきたのではなかった」と言う人たちにも出会った。戦争の真実を隠し続け、日本の近現代史を軽視する歴史教育が行われてきた結果、歴史修正主義者たちが育まれたのは当然とも言えよう。飯田さんが書いたように、歴史を見直して、その反省の上に立った民族としての謙虚さ、精神の豊かさ、勇気を取り戻すために、少しでも役に立ってくれればと願ってこの本を書いた。

【注】

〈1〉A級戦犯とは、侵略戦争の計画、準備、開始、遂行、共同謀議を国際法上の犯罪とする「平和に対する罪」について国際軍事裁判所に起訴された者。戦時中の首相、外相、参謀総長、思想家など、国家の政策を左右した人物。

B級戦犯とは、「通例の戦争犯罪」で、「戦争の法規慣例に違反する行為（毒ガスの使用・捕虜・占領地住民などの虐待、都市・町村の破壊など）」によって起訴された者。

C級戦犯とは、「人道に対する罪」で一般住民への非人道的行為や迫害・殺人・せん滅・奴隷化などによって起訴された者。

その意味でB・C級戦犯はほとんどが残虐行為の直接の責任者で、大半が下級将兵である（中には山下奉文などの将官もいる）。

〈2〉一九三七年七月の盧溝橋事件に始まった日中全面戦争において、日本軍は、上海〜南京〜武漢へと中国軍（国民政府軍）を追って進撃、各主要都市の占領は果たすものの、蔣介石（戦時中の中国最高実力者）は、拠点を奥地へと移しながら徹底抗戦をつづけた。南京、武漢の陥落（三七年一二月、三八年一〇月）後、国民政府の臨時首都は、長江上流に位置する四川省の重慶へと移された。戦線が伸びきった日本軍は、これ以上の陸上兵力を展開することができず、重慶政府に対して世界史上初の長期間にわたる戦略爆撃を行った。その期間は一九三八年から四三年までの五年半、死傷者は六万一三〇〇人、うち死者二万三六〇〇人、負傷者三万七七〇〇人とされる（参考文献『重慶爆撃とは何だったのか』戦争と空爆問題研究会編著、高文研、二〇〇九年）。

❋——目次

第Ⅱ部　「加害」の記憶を受け継ぐ人びと

装丁＝商業デザインセンター・増田 絵里

第I部

戦争を悼む人びと

あと数年すると、アジア・太平洋戦争で戦った元日本兵たちがこの世から姿を消してしまうときが来る。そのときが来る前に、彼らから戦争で本当に何が起こったのかを聞かせていただきたいと思った。あの戦争の体験から、憲法九条を守ろうとしてきた人は多いし、最近では、老いも若きも団結して集団的自衛権を法制化する安保関連法案を通過させないようにと立ち上がった。恒久平和への祈りは日本人があの戦争から得た最高の叡智で、ふつうはあまり意思表示をしない日本人がその固い信念を示した頼もしい姿だった。

しかし、日本人の中にはいまだにあの戦争について主として犠牲者意識しか持たない人や、史実を歪めた歴史修正主義を信じる人もいるようだ。アジア・太平洋戦争における日本人の死者は三〇〇万人余であるのに対し、中国の場合、その一五年間の日本との戦争で死んだのは、民間人だけでも約一〇〇〇万人であるという数字がある。数からだけでも、日本軍が中国に強いた犠牲の大きさを察することができる。私たちは自分たちの被害についてだけではなく、日本軍が犯した加害の事実をもっと知らなければならない。

ここに書かせていただいたのは、一介の兵士だった方が多い。そうした人たちの戦争は、生きた歴史の検証であった。勲章に輝く方にも会ったが、彼らの中には軍部や自分の行動を弁護する方もあったので、書くことを控えた。みなそれぞれ特有な経験を語ってくださったが、戦った場所やその経験が重複する場合は残念ながら割愛させていただいた。取材させていただいた二〇人ほどの兵士の中から、この本に掲載したのは、民間人の多大な犠牲者を強いた中国とフィリピンで戦った二人の兵士、日本兵にとって地獄の戦地であったニューギニアに行った一人の軍属、及び学徒隊、少年兵、特攻隊として参戦した三人だった。

アジアと太平洋の広大な領域で戦った膨大な数の兵士たちのことを考えると、大海の砂の幾粒に過ぎない数の人たちではある。だが生命を賭して戦い、深い苦悩を伴った経験を語った彼らの話から、他の数えきれない兵士たち一人ひとりの悲しみにも苦しみにも思いが広がっていった。その思いは敵であった相手側の人たちや日本の侵略によって苦難を強いられた国の人びとにも繋がっていった。お会いした人たちに共通なことは、亡くなった戦友に対する限りない悲しみと悔いを持ち続けていることと、もう決して日本は戦争をしてはならない、という固い決心を繰り返されたことだった。

まずは、兵士だった方々の体験談を読んでいただきたい。

1　消えない井戸の底の声

――金子安次《かねこやすじ》

車椅子に座った金子安次さんの体は小刻みに震えていた。手は肘かけからぶら下がり、頭は細い首がその重さを支えきれないかのように、左右にゆれ動いていた。それでも金子さんは、恐ろしい話を予想して緊張しながら訪れた私を笑顔で迎えてくださった。その柔和な面持ちからは、昔、戦争中に中国で人殺しをした人を想像することはできない。

あの戦争で戦った兵士たちが年々減っていく中で、金子さんは九一歳になっても日本人が戦時中に中国で何をしたかを臆することなく語り続ける証言者の一人として知られている。体調がよくないのに、彼が属した「中国帰還者連絡会（中帰連）」（筆者注―中帰連は二〇〇二年に解散した。同会の活動は「撫順の奇蹟を受け継ぐ会」が引き継いでいる）の方々を通して、彼は取材の願いを快く引き受けてくださった。

声はしわがれていても、彼の頭は冴えている。漁村に育ったことを誇りにするような、べらんめえ調の喋り方をされる。彼は文才があって、取材の前に読んだ彼の小説のいくつかは高度に洗練された日本語で書かれていたし、「慰安婦」のための裁判所での証言には格式の高い言葉で話されている。だがふだん話すときはわざと俗っぽい言葉を使うのを楽しんでいられるようだ。

悪童だった頃

おれは人間は元より、獣に対してもするべきではないことをしたんだよ。まるで鬼のような人間じゃった。でも子どもの頃のおれは手に負えぬガキではあったが、生まれつき悪人だったわけじゃないんだよ。おやじは漁師で、岸近くの海藻をすくうためのちっぽけな舟と、うなぎ、エビ、カニを採るちっと大きな船一艘を持っておった。東京湾の傍の小さな村のちっぽけな家でさ、裸電球がひとつ天井からぶら下がっておるだけのところに一一人が雑魚寝する中に育ったの。おれは七人きょうだいの二番目

金子安次さん（1920-2010）
千葉県浦安の漁師の次男として生まれ、小学校卒業後、東京のくず鉄屋に丁稚奉公をした。1940 年、徴兵されて中国戦線に参加。刺突訓練で人殺しを習い、たびたび掃討作戦（物資を略奪し、村を焼き、住民を虐殺する）に加わった。戦後 5 年間シベリアに抑留されたあと、撫順戦犯管理所に約千人の元兵士とともに拘留された。中国側は戦犯たちを人間的に寛大に扱い、6 年後、不起訴で釈放した。金子さんは帰国後、中国帰還者連絡会設立に協力し、中国戦線の真実を世に語り続けた。

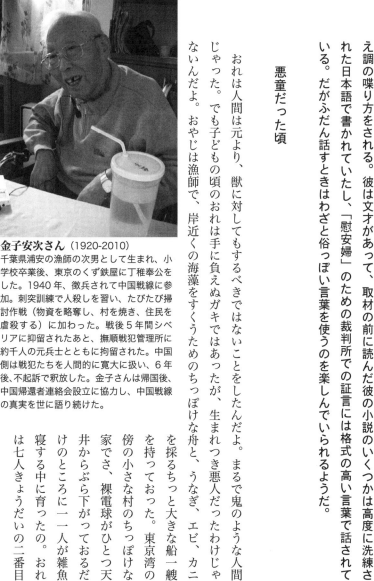

なんで、親を助けるためにまともに働いたんだよ。

朝は三時に起きて、おやじが外で海藻を干すのを手伝って、それから赤ん坊の弟を背中におぶって学校に行った。なに近所の子どももみんなそうしたんだよ。赤ん坊がいっしょにいるのは便利でな、授業に飽きると赤ん坊の足をつねって大声で泣かせると、先生は「外へ行け」と言うから、外で遊んだ。家に帰るとお袋を助けてさ、子どもを背負って田んぼで働いたのよ。

少し大きくなると、町のガキの一団の一員になった。映画を観たいときには、家で手伝えばお袋が小銭をくれるのにさ、仲間と鎮守の社に行って、賽銭箱の錠前を叩き壊して中の金を財布につめこんだ。村の夏祭りのときには、ヤブの中でキスをしている恋人たちを脅してな、「金をよこせ。くんなければ、お前さんたちが何をしていたかを村じゅうに言いふらすぞ」とどやした。両親はまじめな働き者だったのに、おれと兄きは乱暴もんだったんだよ。

おれは学校の成績は悪くはなかったんだがね。おやじが貧しいから高等小学校には行かず、漁師になんかなりたくないから親戚の家で手伝いをしていた。その頃は軍人になりたいと思っていて通信教育を取り寄せて勉強していた。ところが、いとこの親からの知らせで、士官学校の願書を見つけたおやじから、「兵隊なんかになってなにになる!」と言って殴りつけられた。願書はびりびりに破られた。おやじも兵隊に行って苦労したらしいことがあとになってわかった。

それで東京に行ってくず鉄業者の徒弟になった。ボスは工場からくず鉄を買いとって製鉄会社に売るんだが、彼は鉄の値の上がり下がりをよう見ておって、その差ですごくもうける。だがこちらにはわずかな賃金しか払ってくれんの。それでくず鉄に砂鉄を混ぜたり、目方をごまかしたりして売って余分の金をもうけるようになった。

当時、中国の戦争が拡大していたが、人びとは百人斬り競争のような話を新聞で読んで知っていたのに、天皇の〝神聖なる軍隊〟をほめたたえた。中国のどこかの都市が陥落したというと、町は提灯行列で賑わった。こちらは行列なんて退屈で出かけたこともなかったが、いずれは徴兵されることは予想していた。前は軍人に憧れていたのに、金をもうけるようになると女遊びも覚えて、兵隊に行くのがいやになっていた。

一九四〇年、案の定、「赤紙」（召集令状）をもらった。おやじの意思に反して、兵隊になるのが運命だったのだなあ。「おっかあ、上等兵になって帰るから、待っていてな」と言ったら、彼女は「金平糖なんかいらんから、生きて帰ってこいよ」（筆者注―金平糖とは、軍服の襟に付けられる階級章のこと。上等兵の場合は星三つ）とこちらには背を向けて涙声で言った。〝軍国の母〟は「陛下のために、どっかで死んでこい」と言うべきなのに。

中国への船出には、約千人の兵士が貨物船にすし詰めに乗せられた。甲板に出て見送り人に敬礼をしたとき、埋まる人波のなかで両親の姿を探すと、おれの名をでかでか書いた旗をかかえているおやじとその横のお袋の小さい顔が見つかった。船が岸を離れるときは、「東洋鬼」と呼ばれる兵士になって、この国に一六年間も帰らないことになるなどとは想像もしてはいなかった。

新兵訓練

幾日もの船酔いのあと、山東省の青島に着き、そこから日本軍第三二師団が駐屯している小さな町まで貨車に乗せられ、そこからさらに数キロ離れた第四四大隊の兵舎に送られた。

初年兵の教育というのは生き地獄なんだよ。人間らしい感情をこなごなに砕いて獣のような怪物を創り出すことだけが目的なの。一日として殴られない日はなかった。貴様は上官を尊敬しておらんとか、その喋り方はけしからんとか、戦陣訓〈注1〉をまだ暗記しておらんとかで、いちいち殴る。手のひら、こぶし、ベルト、鋲の付いたブーツを使ってね。最低にきたない靴を口にくわえて、床を這わされたこともある。

古参兵は偉くもないのに神さまなんだ。彼らが外から帰ると、汗を拭いて靴を脱がせ、ゲートルを解いて、その臭いおみ足を湯に浸してやる。彼らのためには洗濯も料理も食事の給仕もさせられる。

一度はKという上等兵が「水を汲んでこい」と言うんで、井戸に行った。のどが乾いていたんで、一杯自分が水を飲んだあと、汲んで帰ってくると、Kは「貴様、水を飲んだか？」と言う。「はい、飲みました」と答えると、とっさにビンタが三分間続けざまに頬に飛んできて、目に火花が散った。それからシャツの襟を掴んで投げられ、空中に浮き上がったと思うと、頭が旋回して地面に叩きつけられた。

水を飲んで何が悪い？　おれは激怒した。前の壁に並んだ銃剣が目に入ると、とっさにそれを掴んで彼を殺しそうになった。

軍隊はおれたちを殺人鬼にする訓練をした。ある日、隊をなして行進していった場所に、たくさんの杭が並んでいて、それぞれに中国人の捕虜が両手を後ろで縛られて杭に巻きつけられて立っておった。みな兵隊ではなく農民たちで共産党のゲリラらしい。おれたちは杭の後ろに墓穴を掘らされた。「貴様らはこれから敵を刺すことを学ぶ。より多くの敵を殺すことが、天皇陛下のためにより多くの貢献をすることになるのだ。いいか、この試練を通らなければ、本当の兵隊にはなれんのだぞ」と指揮官が怒鳴った。

おれのターゲットは若い男の子だ。顔は真っ青で、恐怖で手が震えている。彼を待つ母親のことを考えているのだろうか、目からは幾すじかの涙が流れている。

「金子一等兵！　進め！」と言う隊長の声に跳び上がって走り出したが、少年の顔を目の前に見ると、手足が萎え、手にもつ銃剣が滑り落ちそうになった。地面に座りこんだおれを、指揮官のブーツが踏みつけ、蹴とばした。「お前、ひよっこか？　立て！　突撃！」という怒号に立ち上がり、今度は相手の顔は見ずに牡牛のように突進し、胸を突き刺した。少年は声もなく、頭を前にがくんと垂れた。「よくやった。金子」と指揮官は褒めた。

その一晩中、少年のことを考えて寝られなかった。おれは罪のない若者の命を断った。この罪は一生赦されることはない。それでも一人前の兵士になれたことがうれしかった。

一度慣れると、人殺しは何でもなくなった。仲間たちと、だれが一番多く人を殺すか、という競争をやったことがある。ジュネーブ条約だとか、ハーグ陸戦条約〈注2〉なんて教えられたこともなかったから、市民も女も子どもも殺した。あんた、「勇敢な兵士」とはどんな兵士か知っとるかね？　それは他人より多くの敵を殺すことができる兵士のことだよ。軍隊での「英雄」ちゅうのは一番多く人を殺した者のことなのよ。

しかしおれたちがやった悪事は、ただの人殺しだけじゃないんだよ。おれらの戦争ちゅうのは地方の村を掃討することだった。鶏や豚やコメや野菜をかっぱらい、薪にするために家から家具を持ちだし、女を強姦し、その夫を殺し、あげくのはてに村を焼きはらった。これらの中で軍隊に命令されなかったことが一つある。軍隊は「女を強姦しろ」とは言わんかった。レイプをやらんようにと、軍は兵士が行く先々のどんな田舎の基地でさえも、「慰安婦」をあてがった。朝鮮の娘たちや、中国の村からのもんもいた。大方の女たちは、「いい仕事があるから」とだまされて家から遠く離れた土地に連れて来られて、慰安所に監禁されたんだよ。会いに行くと「慰安婦」はよく泣いて話をしてくれた。レイプも悪いが、強制的に連れて来られた「慰安婦」は一生哀れな人生を送ったんだよな。

「慰安婦」を買うには一円払うんだ。おれらの給料は月に八円だったから、高くついた。レイプはタダだから、その方が安上がりなんだよ。でもレイプした女たちの叫び声は今でも耳に響いている。

「東洋鬼」として

おれの部隊は数えきれんほどの抗日ゲリラ掃討作戦をやった。ある村を襲ったときには、石壁にかこまれた村だったから、毒ガスを使った。ガスが村中に立ち込めると、村人たちが家から外によろよろと出てきて地面に倒れた。おれらはマスクをかぶって村になだれ込み、家を襲って、生き残りの人間は女子どもも含めてみな殺しにした。その村で部隊が殺したのは一三〇人だった。

あるときはもっとかわいそうなことをやった。Yという古参兵とおれは銃剣を手にかかえて、獲物を探してうろついておった。軒並みに家の戸を蹴倒して中を見ても収穫はなかったが、ある家の奥に若い女と四歳ぐらいの男の子が隠れておるのを見つけた。

「おい金子。子どもをつれて行って外で見張りをせい。おれが済ませたら、おまえの番だ」とYは言って、大声で泣き立てる男の子をおれのところに残して中に入った。家の中からは叫び声が続いておったが、しばらくたつと、怒りで煮えたぎった顔をしたYが、「このあばずれ女めが！」と言って、女の髪を引っぱりながら出てきた。

「金子、おれについて来い」と彼は言って、泣き叫ぶ女を二〇メートルほど先にある村の井戸の方へ引きずって行った。「何をするのでありますか？」とおれが聞くと、Yは井戸のまわりのレンガのへりに女を引き上げながら、「こいつをここに投げ込むんだ。持ち上げろ」と言う。それでおれは女の足を持ち上げて頭から井戸の中に押し込んだ。

井戸は数十メートルの深さで底が見えない。女の叫び声は幾重にもこだまを続け、数秒後、地下からとどろくような波の音がそれに加わって、大地の怒りの声のように響きつづいた。

Yはタバコをポケットから取り出して口にふかした。男の子は「マーマ、マーマ……」と叫びながら、井戸の周りを走りまわっておったが、しばらくすると家の方に走って行ったと思うと、小さな踏み台を手に抱えてもどって来た。子どもはそれを井戸の脇に置いて這い上がり、おれが止める間もなく中に飛び込んでしまった。大声で叫ぶ子どもの声が、また井戸の壁にこだまし、止まることがなかった。「マーマ、マーマ……」。

「金子、武士の情けを知らんか？　それを投げろ」とYが手榴弾を指さして言った。一瞬とまどったが、言われるままにした。

数秒後、井戸の奥底で爆発のとどろきがして、泣き声が止んだ。しかしこの泣き声はおれの耳の中では止まらなかったんだよ。戦後日本に帰って結婚して娘が生まれたんだがね。娘の泣く声があの中国の男の子の声だったんだ。その声は今でも耳の底に泣き続けておる。おれはほんとに東の国から来た鬼だったんじゃね。

シベリアへ

一九四五年の夏、おれの部隊は北朝鮮に送られた。ソ連戦に備えて陣地構築を始めた。手に爆薬を抱えてソ連の戦車に体当たりをする訓練も受けた。だが、そこで日本が戦争に負けたちゅう知らせをもらったんだ。まずはホッとしたね。これで死なんですんだ、と思ってうれしかった。

ソ連兵が来て、「ヤポンスキ、ダモイ（ゴー・ホーム）」と言うから「これで日本に帰れる」と思って跳び上がるほど喜んだが、港に連れられていって乗った貨物船は南ではなく北に進むんだよ。着いた港はウラジオストック。それから汽車でさらに北進してハバロフスク、そこから西に延々と向かってアムール河を越え、見渡すかぎりの原始林のシベリアのど真ん中に着いたんだ。彼らは日本人をだましたんだよ。

シベリアでの暮らしは厳しかったな。一日三五〇グラムの黒パンだけでね、零下二〇度の寒さの中で木を伐ったり、工場を建てたり、橋をかけたり、道路を舗装したり、鉄道の線路を敷いたりしたの。もう絶望的な気がしたよ。人間絶望すると、変なことを考えるね。なんでか知らんが、おれは天皇が助けに来てくれると信じていたよ。おれらは天皇のために戦争に来て、そのあげく捕虜になったんだからね。彼は来てくれるはずだと。それがいつまでたっても来てくれない。

しばらくすると毎週何時間も教室に座らされて、スターリン崇拝の歌を歌わされ、退屈な共産主義の〝御講義〟を聞くようになった。若い連中の中にはすっかり洗脳されて共産党のアクチーブ（活動家）になってな、その民主運動をやるやつが増えていった。ソ連の後ろ盾で、いろんな特権を行使して、彼らは権力を乱用し始めた。いばっていた将校や、自分が気にいらんもんをリンチにかけるとかな、不愉快なことが乱発したよ。おれはうわべだけが赤い、にわか仕立てのこういう〝赤大根〟がきらいだった。彼らは〝お上〟におもねってね、日本に帰ったら共産主義の宣伝に努めます、と約束をしたんで、次の船で帰るもんの発表を当局がするときには、やつらは一番先に呼ばれて帰って行った。

五年目まではたいていの抑留者は帰国して行ったんだが、おれの名はまだ呼ばれなかった。一九五〇年の夏、おれが所属していた五九師団の者がハバロフスクに集められた。おれらと同時に三九師団と、憲兵、警察官も来て、全部で約千人だった。その数カ月前にスターリンと毛沢東と周恩来が集まって、日本人捕虜を中国に送り返す方針を決めたそうなのだが、おれたちはそんなことは夢にも知らんかった。

ラーゲリ（収容所）を出たとき、収容所長は、「ヤポンスキ、ダモイ！」とまた言った。今さらだれがそんな言葉を信じるものか。みんなだまりこくっておった。連れて行かれたところは港ではなくて貨物列車の置き場で、ソ連兵が機関銃を持って立っておった。彼らは鉄線をぐるぐる張りめぐらせた貨車の中に全員を押し込めてから、扉に鍵をかけた。ダモイなら、なんで鉄条網の貨車に入れて鍵をかける必要がある？

貨車の中は蒸し風呂で、家畜を運んだあとの獣の臭いが圧倒的だ。三層に寝台が積み上げてあって、起き上がろうとすると頭をぶつけるから、汗びっしょりの寝台に寝たきりだ。夢のなかで「ダモイ」の一縷の望みがよぎることもあったのだが、三日目に鉄条網の隙間にグロテコという中ソ国境の町の標識を読んだとき、すべての希望が砕かれた。ソ連に対する怒りにいきり立ち、この先どうなるかと不安におびえた。

貨車は中国黒竜江省の綏芬河《すいふんが》駅に着いた。プラットホームでブルーの制服のソ連兵が、カーキ色の人民服の中国人におれら日本人をひき渡す儀式をすませて去っていった。やれやれまた中国かと落ちこんだが、なんと中国側が用意していたのは、家畜を運ぶ貨車じゃなく、きれいな客車だったんだよ。席に座ったとたん、目からどっと涙が流れた。だれかがおれたちを人間として扱ってくれている。

二人の若い看護婦が現れてな、「だれか病気の人がいますか？　お手伝いできることがありますか？」と尋ねてくれたとき、一瞬、車内に光が走ったようだったよな。それから肉まんと肉のスープと焼き豚とつけもののランチが運ばれてきたんで、ほっぺたに涙が流れつづけたよ。

撫順戦犯管理所

ロシアからの長い旅の終着駅は中国東北の撫順だった。汽車から降りたとき、木のない山の頂上に古い石の塔が見えた。「ここは平頂山と言って、住民三〇〇〇人が日本兵に殺されたことで知られた町なんだよ」とだれかが言った。銃を抱えた兵士たちに先導されて行きついた建物には、「撫順戦犯管理所」と書いてあった。

「何だと？　おれたちは戦犯じゃない。おれは天皇のために五年間忠実に戦ってきたんだぞ。感謝されてこそしかるべきである」と怒鳴ったね。シベリアに抑留された六〇万人の日本人の中からどうしておれたちだけが選ばれたのか？　この中には「満州国」政府の幹部や師団司令官や憲兵など戦争犯罪人はたしかにおったが、ほとんど戦闘に参加しとらん二年兵も混ざっとるのはどういうことだ？

それでも建物に入ると、職員たちがみんな笑顔で迎えてくれたんだよ。おれたちをお客さん扱いにして、茶や菓子や、日本を離れて初めてのような大御馳走の食事を運んでくれたの。

おれたちは軍隊当時の階級によって、将校、下士官、憲兵などと七カ所に分けられたんだがね、なんと驚いたことに、おれは独房に入れられたんだよ。独房は極悪人が入るところで、関東軍の幹部とか、憲兵隊長とかのお偉方だけだ。おれのような下っぱの伍長などは他にはおらん。おれは平均的な兵士より多くのもんを殺したかもしれんが、自分より多く殺人を命令したもんはいくらでもおった。なんで自分が？　と発狂しそうになった。看守が見回りに来たとき、「おれは、こんな差別待遇をされるような、どんなことをしたというんだね？」と訊いた。彼は顔に仏のような笑いを浮かべただけで、何も言わずに去って行った。

独房と言っても二人部屋で、Sというルームメートがおったんだが、ひとしきりのことを語りあうと、話のたねがなくなった。毎朝便器のバケツを空にするために外に出るとき仲間に会うんだが、話すことは許されん。唯一の話し相手は隣の独房に閉じ込められておる元軍医でな、部屋の間の壁にある穴を通して、このドクターとこっそり話した。会話は禁じられているから、歌を歌うふりをしたりしてな。

なんでおれが独房にぶちこまれたか？　考えあぐねた結果、一つ思い当たったことがあった。シベリアにおったとき、ソ連の検査官が質問事項を持ってやってきて、「おまえは戦時中に日本軍の機密工作に従事したことがあるか？」という尋問をしたことがある。おれはカッとして、「なに？貴様はつまり、おれさまがスパイだったかと言うのか？」と言い返した。「おれはいかなる秘密工作にもいっさい関与したことはない。おれはすべての犯罪を白日の下で行ったのである」と堂々と述べた。検査官はおれの答え、またはその態度が気に入らなかった。彼は同じような質問をしつこく頑固に繰り返したんで、おれはますます腹を立て、「とっとと消え失せろ。お前の好きなようにしろ」と怒鳴った。その結果がこの独房なのだろう。

管理所の看守たちの中には、家族が日本軍に殺されたり、強姦されたもんがおった。ある職員は自分の父を殺した兵士を囚人たちの中に見つけたとき、急に顔が真っ赤になり、挙げかけた手を必死で抑えてがたがた震えた。声も出さず、怒りを爆発させないために下を向いておし黙った。ここの職員はみな、戦犯たちに暴力を加えず、彼らを人間らしく扱うようにと訓練されたのだそうだ。

周恩来は、「戦犯もまた人間である。彼らを拘留するのは罰するためにではなくて、罪を償う気持ちを育むのを手伝ってやるためなのだ」と彼らに言い渡したのだそうだ。敵ながらあっぱれではないか。

それでも、看守たちがどんなに優しくてもな、彼らは最終的にはおれたちを罰しようとしているんだろう、という疑いをおれは持ち続けておった。贅沢な食事を持ってくるのは、次の日に処刑するつもりだからではないか？　おれたちを広場に連れて行って射撃部隊に撃たせるか、絞首刑にするか……、だがいく日経っても、だれも手錠をかけられたり、目隠しをされて連れて行かれたことはなかった。

収容所の裏庭に背の高い煙突がついた建物が構築され始めた。おれはシベリアにおったとき、ドイツ人がユダヤ人をガスで殺したという話を、『日本新聞』（筆者注―収容所で発行されていた新聞。詳しくは一三七ページ参照）で読んだが、中国人もおれたちに同じことをするのか、と疑った。建築が終わって、建物の中に呼ばれて行ったときは、心臓がどきどきして、気が遠くなりかけた。だんだん近づくと、そのあたりにはいい匂いの湯気が立ち込めておった。ああ、これは大浴場なのだ！

それでもおれの猜疑心は止まるところを知らん。彼らは毒やコレラ菌を水の中に入れたんではないか？　日本軍のだれかがやったようにな。だが暖かい湯の誘惑には勝てん。どっぷり浸かってしまった。一〇年前、日本を出て以来の風呂で天にも昇る気持ちだった。

そのあと部屋にもどったら、そこには昼食の盆が待っておってね、開けてみたら、いつもの茶色の飯ではなくて、湯気の上がった白米のご飯が盛られていた。すなおに感激すればいいのに、「これはおれが中国人捕虜の首を切る前に、彼らにやったタバコ一本と同じことだ」と考えた。それは人を殺す前の慈悲心でな、自分が情け深い人間のように感じて、今からやろうとすることの罪を軽滅したんだよ。

あったかい風呂と白米は、おれのタバコと同じなんだ。明日自分は殺されるんだ、とおれは確信して怯えた。だが、おれは殺されんかった。だれも処刑にならんかった。

わかるだろ。おれは他の連中が自分と同様に邪悪な人間だと考えておったんじゃね。おれが敵をだまして殺したように、彼らもこちらをだますと思ったんだよ。だからおれの頭は恐れと猜疑心でいっぱいだったんじゃ。彼らは、自分たちはコーリャンや粟を食っておるのに、こちらには白米ばかりくれて、「白米は日本人には大御馳走だそうですから、それで特別に取り寄せているのですよ」と言う。彼らはおれらをだますためにそんなことをしていると決めておったから、そうではないことを信じるまでには長いことかかったんだよ。

われわれの中国人に対する考えがいかにまちがっておったかをだんだん悟るようになった。小さいころから、彼らを「チャンコロ」と呼んでな、日本人より劣った民族だと教え込まれてきたんだが、獣みたいにふるまってきたおれたちに比べりゃ、彼らは聖人じゃ。日本は二〇〇〇年も前から、中国から文字や文学や芸術を教わったというのに、何で彼らがおれらより劣等だなどと言えたもんか。

おれは管理所で小説を書いたの。その一つに、負傷して中国軍の捕虜にされた「島」ちゅう名の日本兵のことを書いた。中国人の軍医や看護婦が親身になって看病をしてくれた。全快したときにな、彼らは島に、「ここに留まりたいか、日本の軍隊に帰りたいか」と尋ねた。彼らの親切に感謝しながらも、島は忠誠な日本人だから、「軍に戻りたいです」と言った。

彼らは護衛をつけて、島をトラックで送り返してくれた。自分のキャンプの入り口で、島は敬礼をして立ったが、部隊の指揮官が出てきて怒鳴った。

「島、お前はスパイだ。共産主義の洗脳をたっぷり受けたんだろうなあ。『生きて虜囚の辱めを受けず』の戦陣訓を忘れたか？　貴様はわが軍隊、貴様の家族と自分自身に汚名を残した。お前の名前はもう死亡登録に入れてある。とっとと消え失せろ」

島は向きを変え、溢れる涙を左右に振りこぼしながら、もと来た道を一目散に走った。指揮官は去っていく島をめがけて手榴弾を投げた。島はその場で斃れた——。

この話はほんとうにあったことなんだよ。もし捕虜になった者が帰ると、裏切り者か、スパイとして殺すか、わざと危険な戦場に送って死ぬようにした。なぜ日本が戦争に負けたかわかるだろ。日本軍は自分の兵隊を人間として扱わなかった。

さて、おれは引き続き独房におってな。「発狂しそうだよ」と看守に言っておったら、とうとう一二人部屋に移してくれたんだよ。そこでは麻雀やら囲碁やら夢中で遊んでな、それに飽きると本を読んだり、指導者の呉浩然先生の勧めで共産主義を勉強した。暇つぶしに、「資本論」を全部筆写したんだよ。しかしマルクス主義には賛同できなかった。それでおれは昔の思い出から芸者の小説を書いたり、戦争の話を書いた。仲間の間で評判がよくてな、みんなが読んでくれた。

「おれには責任はない」

滞在三年目に初めて、指導員たちはわれわれに課題を出してきた。自分の罪を反省して告白し、自分自身を裁くように、と言うのだ。ここに着いて以来、おれたちは戦争については何も語らなかった。あり余る時間に自分の行為を反省して、自責の念に駆られている者もおった。しかし多くの者は自分のした悪事を告白すれば、裁判で罰が重くなるだろうと恐れていたのだ。しかしそれと対決するときが来た。

集会では、忍び泣きをするやつや急に泣き出すもんがいた。「穴を掘って、自分のやったことすべてを穴のなかに吐き出したいような気持ちでいたのだが、ついにその機会が来たのだよ」と言う者もおった。神経症に罹ったようなやつもいた。

初期の集会で、指導員が小西という元中尉に、「あなたは告白録を書いて、次の会で読んでください」という宿題を出した。まもなく小西は床に倒れて死んでおった。トイレにあったクレゾールを飲んだのだった。仲間によると、小西はいいやつで、自分は何も冷酷なことはせんかったが、いくつか作戦を企てたことを気に病んでいたという。

その後ほかに二人が自殺した。

おれはというと、自分は戦犯だということを認めようとはしない少数グループに属していた。集会に出席することは強制されてはおらんので、おれの第四四大隊が集まる日は寝床に横たわっていたんじゃ。呉浩然先生がやってきて、「どうして会に出ないのかね？」と聞いた。

「興味ないですよ」とおれは答えた。呉先生は二〇分にわたって物静かな声で説教をしたあと、「じゃ、元気で」と言って出て行った。おれの考えは変わらなかった。

自分がしたことすべてを告白したなら、おれはまちがいなく死刑になる。死に値する一〇〇倍ものことをやったのだ。だが、「おれには責任はない」とまだ考えていた。日本軍の指導者と天皇に責任があると考えていた。

呉先生がまた来て、「金子さん、あなたは自分自身が戦時中にしたことについて、どう考えますか？」と聞いたとき、「ぼくは上司からやれと言われたことをやったまでですよ。殺人の手伝いをしたまで。殺したくて殺したんじゃないよ」と答えた。

「殺人の手伝いをした、とはどういう意味ですか？」と彼は聞いた。

「命令のもとにやった、ということです」

「命令のもとに殺したとしても、殺したのはあなたでしょう？」

いつもは穏やかな呉浩然先生が声を荒らげて言った。

「あなたに殺された人たちは、命令で殺しているのだからあなたには罪がないよ、と赦して死んでいったと思いますか？　犠牲者にとってみれば、金子さん、彼はあなたによって殺されたのですよね」

おれは答えなかった。

「考えなおしてみてください」

と言って、呉先生は去って行った。

考えてみると彼は正しかった。それでもおれはわざわざ罪状を並べ立てて白状するつもりはなかった。だれからも命令されなかった強姦の数々についても、口を閉ざしていた。だがこの管理所の人たちの驚くべきほどの寛容な人間性が次第におれのような強情者の心を少しずつ溶かしていったことは事実だった。

一九五六年六月、おれたちは三つのグループに分けられて、三〇〇人ほどが最高人民検察院とかいういかめしい建物に連れて行かれた。いよいよ判決の日にちがいない。最悪を予想して覚悟をしとった。

検察官が文書を読んだ。

「これらの戦争犯罪者は、日本が中国を侵略した戦争の期間に、国際法の準則と人道の原則を公然と踏みにじり、中国人民に対して種々の犯罪行為を犯した……その罪責から言えば、当然裁判に付して相応の懲罰を加えるべきである。しかしながら、日本の降伏後の情勢の変化と現在おかれている状態を考慮し、数年来の中日両国人民の友好関係の発展を考慮し……ここに寛大処理を行い、起訴を免じて即時釈放するものである」

まさか釈放などとは夢にも思っていなかったから、すぐには信じられなかったが、涙がこぼれて止まらなかった。日本に帰れるなんてもう考えてもいなかったのに、自由の身になってうちに帰れるんだ。管理所に着いたら、今までの囚人服は脱がされて、新品の服をくれた。日本に帰るまでの小遣いまでくれたの。

その晩は枕がびっしょりぬれるまで泣いたよ。おれが殺した男や女や子どもたちの顔が目の前を通り過ぎて行った。この夜、おれは初めて自分の罪の深さを思った。このように人間としての尊厳と寛大さを持ち合わせた人たちを、おれは何で虫けらのように扱ったのか？　おれは中国人に対してやったことを本当に後悔した。どうすればこの罪を償えるか？

それにしても、おれたちは全くラッキーだったのだね。当時はまだコミュニストの指導者たちは理想に燃えていて、捕虜にも戦犯にもこのように寛大だったのだが、文化大革命〈注3〉の頃にもなると、毛沢東は権力に溺れて自国民の殺人を始めたのだからね。

さておれたちは天津に行って引揚船を待った。興安丸が岸を離れるとき、金源所長や呉浩然先生たちは、波止場でいつまでも手を振ってくれていた。

帰国後の苦難

夢に見た日本だったが、おれたちは歓迎されなかった。戦犯でしかも共産党の洗脳を受けた者という二重の烙印を押されているから、だれも雇ってくれん。あるとき臨時雇のところで「お前は働き者だから、履歴書を持って来い」ちゅうんで持って行ったら、「赤い国から戻った人はね」といって即座に追い出された。家の界隈では、二年間ぐらい、どこに出かけても警官があとをつけてきた。

それでくず鉄商売に戻ったのよ。工場で、旋盤からの鉄の削り屑をくれるように頼んだ。それをリヤカーで小売の店に持って行って売った。それから金を借りて商売を始めたの。鉄板を買って小さく切って売った。昼も夜も働いたんだよ。金がなくては嫁さんも来んのでね。でもやがてマツエというい い女に会ったの。彼女はいい職を持っておって、毎朝着飾って事務所に出かけていたんでね。おれにはノーと言い続けておった。それで彼女のとこに押しかけて行って住んだの。そしたらおれが働き者で頭がよくて、面白いやつだちゅうことがわかってな、最後に陥落したんだよ。結婚してからは、おれの汚らしい工場で手伝ってくれた。休みなく働いて、やっと収支を合わせることができたし、二人の女の子も生まれたし、家を買うこともできた。

罪の重さに目覚める

娘の一人が小さいとき肺炎になってね、おれは仕事のあとで病院に見舞いに行ったの。彼女は高熱でうめいていたが、おれの顔を見てほほえんでくれた。その笑顔が美しくてね。どうか死なないでくれ、と熱心に祈った。その夜、井戸に飛び込んだ男の子の夢を見たの。忙しさにまぎれて中国は遠い記憶になっていたのだが、その夜からあの中国の子どもが毎夜のように夢に現れて、彼の泣き声がおれの耳の中で叫びつづけるようになった。あの男の子の声は娘の声と全く同じだった。自分は親になって初めて、子どもの命、人の命の尊さを知った。自分は中国で何をしたか。

それが転機になった。それ以来おれは自分の罪を償いたいと願った。その一つとして、自分とその他の日本兵が、中国で何をやったかを人々に語らなければならん。内輪の秘密は表に出さなければならん。そうしなければ、おれは偽善者なんだと思った。

しかし自分がやった恐ろしいことを人前でしゃべることは勇気を要する。第一に自分の面目がつぶれる。おれの背中に指を差して、噂が触れ回る。かわいそうに、マツエはおれが戦争の話を始めると、家の外に走りだしてしまう。娘たちにとっては、おやじは人殺しだったということになる。

撫順の連中といっしょに中帰連というグループを作ってな。講演会や座談会を開いて、あの戦争で何が起こったかを語り続けていくことにした。機関誌もできて、記事を書いたり、小説を書いたりした。

やがて中国では文化大革命という恐ろしいことが起こった。何百万の人民が飢餓で死んだそうだ。おれは毛沢東にすっかり幻滅を感じたね。中帰連は中国の政治について二派に対立し、分裂状態になってしまった。紅衛兵たちが、日本びいきだった金源所長を吊るしあげにして、過疎地に送ったというニュースが入ってきて、おれたちは心配したんだが、われわれには何もできなかった。毛沢東が死んで、四人組が逮捕されると、事情が変わってきた。金源所長と呉浩然先生に連絡がついて、彼らを日本に招くことにしたの。分裂状態であった中帰連がこの招待のことで元通り仲良くなったのはいいことだったね。一九八四年、おれたちが中国を去って二八年目に彼らと涙の再会ができた。東京のあちらこちらに案内して、日本各地では、撫順の元収容者たちが六〇〇人も出迎えて歓迎したの。

この訪問がきっかけで、金源所長と呉浩然先生とその他の管理所職員の子どもの五人が、日本で勉強することになってね、彼らはこの家に寝泊まりをして、学校に行ったの。マツエが面倒をよく見てくれたおかげで、彼らは五年間ここにいて、すっかり日本語も上達していい若者になって、帰って行ったよ。

仕事も一段落してからは、もっと戦争証言をするようになった。学校や大学で喋ったり、補償を求めに日本に来た「慰安婦」のために証言したこともある。誤解しないでくださいよ。おれは好き好んでこんなことをしているんじゃないよ。中国人は両親や親類を殺され、村を焼かれ、畑を荒らされ、家畜を奪われても、おれたちを赦してくれたんでね。少なくとも、おれはすべての日本人に、おれのしたことを繰り返してもらわんように、と頼む義務がある。

金子さんは私がお会いしてから一カ月あとに亡くなられた（二〇一〇年一一月二五日）。友人によ

れば、彼のところに熊谷伸一郎さん（一六一ページ参照）という金子さんの若い親友が訪ねてきて、いつものように歓談して楽しいときを過ごした。熊谷さんが帰られたあと、玄関先で金子さんの車椅子が転覆して、亡くなられたということだった。

マツエさんにお悔やみの電話をかけた。

「終わりが近づいていたのか、主人は体中の痛みに苦しんでいました。『神様の罰だよな』と何度も言っていましたね。お父さんは、少なくとも後半の人生は前半の人生の償いをしようとがんばっていました。家ではいい主人で、いいおやじさんで、面白いことばかり言う人でした。いなくなって寂しいですね」

※筆者注—金子さんが亡くなられたので、取材の詳細な史実、他の事実の確認は、主として、熊谷伸一郎氏の『金子さんの戦争—中国戦線の現実』（リトルモア、二〇〇五年）に頼らせていただいたことをお断りします。

【注】

〈1〉一九四一年一月、日中戦争が長引き、軍内部には士気の低下、軍紀の弛緩が目立つようになってきたため、東条英機・陸軍大臣（当時）が全陸軍に通達した訓諭。本文中の「生きて虜囚の辱めを受けず」が兵士の降伏を許さず、「玉砕（＝全滅）」の悲劇を生んだ。

〈2〉ジュネーブ条約は、戦時傷病者や捕虜に対する扱いを人道的にする必要から決められた戦時国際法として一八六四年に始まり、諸条約が加えられた。ハーグ陸戦条約は一八九九年万国平和会議で採択され、戦争一般についての規則が定められた。

〈3〉一九六〇年代半ばから毛沢東が政敵を追い落とすために仕掛け、中国全土を混乱に陥れた政治闘争。一九七六年、毛の死後、それまで実権を握っていた江青ら「四人組」が失脚して終息した。

2 「戦争の大義」に疑念を抱いた学徒兵

――岩井忠正《いわいただまさ》

岩井忠正さんは東京西部のとある駅まで私を迎えに来てくださった。歳は九一歳と聞いていたのに、軽々と階段を昇って来られた。「長生きの家系なんですよ。母は一〇四歳、姉も同じ歳で亡くなりましてね」と笑顔で言われる。

奥様お手製のお昼ご飯をいただいたあと、忠正さんは居間に移って話を始められた。背筋をピンと伸ばした座り方と歯切れのいい話しぶりが若々しい。

戦争に対する懐疑心

一九四三年の秋、戦争はあらゆる局面で敗色が濃くなっていました。その頃ぼくは慶應義塾大学で哲学を専攻する二一歳の学生でしたが、ある日、理科系以外のすべての学生に対する徴兵免除が撤廃されたので、ぼくも戦争に行くことになりました。

そのときが来ることはわかっていた。ぼくたちは物心ついた頃から天皇陛下のために戦争に行って死ぬように教えられてきたんです。だから前線で他の若い兵士たちが死んでいるのに自分が図書館で本を読んでいることには罪悪感を感じていました。

でもぼくは戦争に行きたくはなかった。天皇陛下のために喜んで死ぬ兵士が英雄だなどという感覚は持っていなかった。戦争は卑劣で暴力的でしかない。高校で軍事訓練を指導しに来た将校たちはみな威張りくさったやつだったし、兵隊の訓練所では理由もなくしょっちゅう殴りつけられると聞いていました。

ぼくの戦争に対する考えはエーリッヒ・レマルクの小説『西部戦線異常なし』(原題名：Im Westen nichts Neues)から影響を受けていました。十何歳の頃だったか、その本を家の本棚で見つけたんです。ぼくには五人のきょうだいがいて、そのうち一人は戦後シベリアの捕虜収容所で死んだんですが、きょうだい全員がその本を読んだはずです。ぼくはその本を何度も読みました。ご存知の通り、これは義勇兵として軍隊に入隊したドイツ人高校生、パウル・ボイメルの物語で、パウルと級友たちは、訓練とそれに伴う

岩井忠正さん(1920-)
父が軍人だったので、満州事変の裏面工作を知って育った。大連に育ち、植民地での日本人のあり方にも批判的だった。1943年、慶應義塾大学在学中に学徒出陣の命を受けたとき、戦争に対して絶望感しかなかった。人間魚雷「回天」の特攻隊に志願してその訓練を始めたが、別の特攻「伏竜」に回され、敗戦を迎えた。

無意味なしごきを受けたあと、前線に送られ、そこでみな戦死してしまった。

友人たちは月刊誌で読んだ戦争の武勇伝を信じていたが、ぼくはレマルクの小説に描かれていることが戦争の本当の姿だと思っていました。また、日本は戦争に負けるとぼくは確信していた。アメリカの経済力が日本の何百倍も大きいのは、火を見るより明らかでした。例えば石油。アメリカは何マイルにもわたる広さの油田を持っていたが、日本にあるのは田んぼだけです。アメリカが石油の禁輸措置を取るまで、日本は石油に関して完全にアメリカに頼っていたし、アメリカは科学、技術、生産性の面で我々を上回っていた。それほど考えなくても、アメリカに勝てる望みはないのは明らかですよね。

指導者たちは、日本は「物」ではなく、「精神力」で戦争に勝つと論じていた。彼らは、神である天皇陛下がついているのだから我々に勝ち目がある、と言った。でも我々の精神力がアメリカ人より強いなどという根拠はどこにあったのでしょう? 戦争末期になると、一三世紀にクビライ・カーンが日本の海岸に襲来したときのように、神風が吹いて、敵艦をすべて破壊してくれるだろうと言いました。

父の快哉

ぼくは満州の大連で育ちました。陸軍少将で熊本の第一一歩兵旅団長だった父が、満州は日本の新開地だと信じて、ぼくが四歳のときに越していきました。そのとき、父はもう退職していたのですが、依然として有力者で、家には勲章をたくさんつけた将校たちが出入りしていました。

朝早く鳴った電話を受け取った父が、大声で話した日のことを覚えています。彼は「ようし、よくやった！」と、勝ち誇って叫びました。一九三一年九月一八日のことでした。奉天（現在の瀋陽）付近で、日本の満鉄（南満州鉄道会社）が所有する鉄道線路の傍で、ダイナマイトが爆発したのです。日本の新聞はこぞって、線路爆破は中国側の陰謀だ、日本軍はそれに対抗して攻撃するべきである、と書きました。案の定、日本軍は満州を侵略し、占領しました。

後に「満州事変」として知られるようになったことですが、侵略の口実を作るために日本の関東軍がダイナマイトを爆発させたことを、奇妙なことに、父だけではなく、周りの人たちも知っていたようでした。通りでは日本人がそのうわさをしていました。ぼくはそのときまだ一一歳で、人びとがその行為に対して批判的なのか、それとも批判するふりをして密かに喜んでいるのかはわかりませんでした。でもこの経験からぼくは、軍人は信用できない、そして戦争は虚偽の理由で戦われることがある、と悟りました。

こうして満州は日本の〝植民地〟になったわけです。我々は中国のかなり広い部分を奪って、支配者になったのです。満州人労働者たちと豊かな土地のおかげで生活は楽でした。日本人のなかには中国人を奴隷のように扱う人もいて、日本人の男が馬車の御者を馬のように鞭で叩いているのを見たことがあります。

一九歳のとき、大連にいる家族を残して東京に行きました。行きたかった大学の受験に失敗して一年浪人をして、本を読んだり、映画をたくさん観たんです。チャーリー・チャップリンとか、やくざ映画とかね。ぼくは外国映画のファンで、西洋文化にかぶれていた。それが連合軍を敵に戦いたくなかった理由の一つでした。

戦争が勃発したとき、政府は、われわれは西洋の略奪者からアジアを守らなければならない、そして「大東亜共栄圏」を作るのだ、といううたい文句を説きました。確かにヨーロッパ諸国には帝国主義国家で多くの植民地を獲得した国もあります。でも日本だって朝鮮や中国で同じことをした。「ようし、よくやった！」という父の叫びが、耳にずっと残っています。

何のために死ぬのか

大学の門は閉ざされ、ぼくたちは軍の訓練学校に送られることになった。死という考えがぼくにつきまといました。自分は『西部戦線異常なし』のパウルのように死ぬのだろう。でも何のために死ぬのか？　天皇陛下のために命を捧げるのは若者の務めだという。だがぼくはそう言われると腹が立った。天皇とは何者だろう？　天皇はなぜそんなに偉いのか？　いつから、どのようにして天皇は神になったのか？

しかし戦争反対を口にしたり、召集令状を無視したり、天皇に逆らう言葉を口に出そうものなら、治安維持法によって、すぐさま軍警察に捕まえられ、牢屋に入れられ、拷問され、害獣のように潰される。黙って命令に従うほかないのだ。どうせ戦争に行くなら、精一杯、国を守ろう、と自分に言い聞かせて海軍に入隊しました。

米沢（山形県）に我が家の先祖の墓地があり、そこに向かう列車の中で、ぼくは自分の考えを弟の忠熊《ただくま》に打ち明けました。当時忠熊は京都大学の学生で、彼もまもなく海軍に入隊することになっていたのです。ぼくたちを心配した姉が、出征前にご先祖の墓にお参りに行ってお祈りしてきなさいと言って、余分にお小遣いまでくれたので、二人で近くの温泉に寄って、これで最後になるかもしれない休暇を楽しみました。

列車は混んでいませんでしたが、ぼくは左右を見て、だれもいないと確認してから、弟の耳元にこう囁きました。

「おれは戦争から生きて帰って来られない気がする」

「おれも帰って来られないと思う」

弟もうなずきました。

ぼくはもう一度周りを見回してから、低い声でこう言いました。

「もし死ななきゃならないなら、それは絶対にKaiser（天皇）のためじゃない」

「天皇」という言葉を口に出すのは危険だったから、ドイツ語でカイザーと言ったのです。外国語の中でドイツ語だけは話すことを許されていた。英語は敵国の言葉だから、禁止されていました。

弟は「おれも同感だ」と即答しました。

ぼくは死ぬ理由を求めていました。ある日、東京で坂道を登っていたとき、小さい女の子と手をつないだ中年の女性とすれ違いました。何ということはない、日常の町の光景です。彼女は普段着に白いエプロンをかけていたから、近所の主婦だったのでしょう。でも何か目の前がさっと明るくなった感じでした。ぼくが死ぬことで、この母と子の命が守られるなら、それでいい。私はしゃがんで地面に口づけしたくなりました。ぼくの人生はもうすぐ終わると思っていたので、その頃は何もかもが愛おしく思えました。

こうやってぼくは戦争に行くことに折り合いをつけました。こう言うとセンチメンタルに聞こえるかもしれない。でもこれだけははっきり言えます。ぼくがこうやって戦争に行ったのは勇気があることでも、美しい話でもなかった。ぼくのように戦争に対して密かに疑問を持っていた若者はたくさんいたはずです。でもみな平静を装って戦争に行ったのです。

長いものには巻かれろ——それでぼくは戦争に行ったんです。でも今、それは正しくなかったと実感しています。幸いぼくは戦争でだれも殺さなかった。それでもぼくは自分が支持しなかった戦争、何百万人もの罪のない人々の命を奪い、多くの人々を傷つけた戦争に加担したのです。

人間魚雷「回天」に志願する

最初ぼくは一番下の階級、二等水兵として海兵団に入団しました。訓練は猛烈に厳しかったですが、全部の試験に合格し、それから対潜学校に送られました。ここの訓練は一回目のよりもっと厳しかった。技術の授業はましだが、愛国心や忠誠心の講義は退屈で死にそうだった。それに上官からの絶え間ないしごきも嫌でたまらなかった。

一九四四年の秋のある日、我々は中庭に集められました。真剣な顔の将校が大股で演壇に歩いてきて、「戦局打開の新兵器が開発された」と言いました。「この兵器を操縦する者が必要だ。これは天皇陛下に命を捧げる大義である」。

不思議なことに、この場面以後に何が起こったのか、ぼくは覚えてないのです。記憶喪失か何かに襲われたらしい。このあと、ぼくはこの自爆兵器による任務に志願して、受け入れられたらしいのだが、この部分の記憶が途切れています。

それにしても志願した理由は再現できる。その頃、ぼくの死に対する不安は、空に浮かぶ化け物の風船のようにどんどん膨らんで、今にもはじけそうだった。ぼくは軍隊でのしごきやら説教やらに辟易していて、抜け出したくてならなかった。どうせ死ぬのなら、それを待つための、気が遠くなるような持久戦に耐えるより、自爆兵器で一瞬にして死ぬ方がいいと思ったのにちがいない。

後にこの自爆兵器は「回天」と呼ばれる人間魚雷だと知らされた。回天とは「天を回して戦局を逆転させる」、つまり天をひっくり返すほどの威力があるという意味です。結局、訓練生の何と九四パーセントが回天の乗組員になる志願をしたという。そんなにたくさんの兵士が死を志願したのはなぜか？　ぼくたちのほとんどは、すでにロボットになっていたからなんです。殴られ続けているうちに頭が麻痺して、ボタンを押せば動くブリキの兵隊になってしまっていたのです。

けれどぼくは少し違っていた。先にも言ったように、ぼくが死ななきゃならなかったとしても、それは天皇のためではなかった。いったい何度悪夢から目覚め、明治神宮の出陣学徒壮行会での東條英機首相の声を聞いて身震いしたでしょうか。

「君たちは国の危機を救うために死ぬべく生まれてきた。天皇陛下に命を捧げることによって、諸君は悠久の大義に生きるであろう！」

「戦局を打開する」兵器を信じ、これは死ぬ価値がある大義だと考えた人もいただろう。だがこの兵器は乗員の命は奪ったが、標的に命中する確率は稀少だった。それなのに、その事実は敢えて秘密にされていた。軍は若者の命を何と考えていたのか？

〝棺桶〟に乗る――「回天」訓練

特別攻撃隊（特攻隊）に選抜された者は、一九四四年一〇月に、最後に町へ行くことを許された。駅に行く途中、農家の軒先に並んで干されている唐辛子が、きらめく秋の太陽の下で赤く輝くのが目に染みました。

ぼくたちは東京の靖国神社に出かけました。その頃、死に赴く兵士たちは「靖国で会おう」とお互いに言い合って別れるのが合言葉だったけれど、靖国に行ってもぼくの心は奮い立つことはなかった。この神社は天皇のために戦って死んだ兵士を神格化するのだそうだが、壁に貼られた何千もの戦死した人々の写真を見て悲しくなった。偽りの大義名分により彼らの命は奪われたのです。

この最後の遠出のとき、列車の窓からぼくの通っていた大学の図書館がちらっと見えた。それは赤いレンガのビルで、毎日そこで読書をしていたところです。玄関のステンドグラスの下には、「CALAMUS GLADIO FORTIOR（ペンは剣より強し）」という慶応大学の校訓が刻み込まれていました。家に置いてきた大学の帽子には、二本の剣の代わりに二本のペンが交差した刺繍の紋章がついていた。いったいその理念はどこに行ったのでしょう？

遠出から帰ると、ぼくたちは特攻隊の基地に戻されました。驚いたことに、そこで弟の忠熊を見つけたのです。弟も特攻隊に志願していたのです。しかし彼は回天ではなく、「震洋」という、太平洋を震撼させるという意味の、敵艦に高速で突っ込む、小型で強力なモータボートに乗ることになっていました。

ぼくたちの回天隊は光基地（山口県光市）に移動しました。黒い筒型の巨大な化け物を見たときの衝撃は忘れられません。長さ一五メートル、直径一メートルぐらいの悪魔のようなその姿は、天を震撼させるには十分でした。窓がなく、ドアは外側からしか開けることができない。一度ハッチが閉まると、たとえ回天が故障しても、標的に命中しなくても、操縦者は脱出できない。搭乗員は立方体の狭い潜内で酸欠で死ぬのを待つだけです。そのために自爆装置が備えつけられていました。

回天の中に入ったとき、まるで生きたまま棺桶に入れられたような気がしました。敵船に突撃して死ななくとも、こんな暗く冷たい棺桶に入るだけで、窒息してしまいそうでした。ある同僚は、「これがおれの人生最後の旅になるんだからな。せめて柔らかい安楽椅子でも据えつけてくればいいのに」と言いました。

ある日、三好大尉が訓練中に回天の中で亡くなりました。大尉の乗った回天は、目標の船の下を通るはずでしたが、潜水の深さが十分でなかったために、船の脇にぶつかったのです。大尉は額を強く打ちました。冷酷でいばりくさった他の多くの将校とは違って、三好大尉は優しく温かい人で、だれも殴ったことがなかった。基地の演芸会で彼が歌った、タバコ屋の可愛い女の子の歌は大受けでした。神さまに気に入られて天に召されたのでしょうか。

三好大尉の事故のあと、さらに事故が続きました。一四人の仲間が訓練中に亡くなりました。いかにこの兵器が欠陥品で、また安全について、いかに指導者たちの関心がなかったかを示すことです。まあ、彼らが若い兵士の命を大切に考えていたなら、最初からこんな兵器は作らなかったでしょうがね。

戦局打開などとはほど遠く、アメリカの戦況報告によると、回天は二隻の敵艦、米海軍の給油艦ミシシネワと護衛駆逐艦アンダーヒルを撃沈させただけでした。

伏龍特攻隊

一九四五年四月、ぼくは異動を命じられました。同じ隊でぼくの他に移ったのはF中尉だけでした。彼と話して、ぼくらが異動になったのは病気のせいだという結論に達しました。一月に風邪をひいて寝込んだとき、N医師から結核と診断されたのですが、どうせもうすぐ回天で死ぬのだから、それほど気にしなかったし、すぐ風邪は治ってしまった。F中尉も同じ医師から結核と診断されたが、それ以来すこぶる健康でした。ぼくたちは「N先生はヤブ医者だな」と言って笑いました。でもN医師の名誉のために言っておくと、ぼくは最近胸部のレントゲンを撮ったとき、肺に過去の結核の傷あとがあると言われました。

海軍は結核患者の処遇に困ったようですが、結局ぼくは野比《のび》（神奈川県横須賀市）の海岸にある突撃隊に送られました。またの名は「嵐突撃隊」。ぼくたちが使用することになった兵器は「伏龍」。その名前からして、この兵器も特攻自爆兵器でした。

こちらは新参者なのに、ぼくは若い新人兵士を訓練することになりました。新田隊長の下で水中訓練が始まりました。大きな伝馬船に乗り込み、沖へ漕いでいく。船は沖のある地点でいかりを降ろし、ぼくたちは潜水服に着替えます。

ぼくらは海底に伏する龍でした。でも龍というより漫画のロボット。いわば現代の宇宙飛行士のような服装で、リュックサック型の二本の酸素ボンベと四角い呼吸缶を背負い、尖頭に爆弾のついた数メートルほどの竹竿を持つ。海に潜り、爆弾で敵の船の底を突いて、船を爆破させるという構想です。もちろん、底に潜った龍が助かる見込みはゼロです。

まず新田隊長の実演を見ました。水に潜るまではよかったが、隊長はなかなか上がってこない。やっと上がってきたとき、びっくり箱のように海から飛び出してきて、潜水服は風船のように膨らんでいた。隊長はひっくり返ったカメのように手足をバタバタさせていました。結局、船から命綱で引っぱり上げてもらわなければならなかった。その一部始終はまるで安物の喜劇を観ているようでしたね。

でも新田隊長の実演のあと実践してみると、みな同じ災難に見舞われました。問題なく水中から上がってきたのはぼくだけです。ぼくはコツがわかったので、じたばたもがくことはなかったのです。

この自爆兵器は全くのお笑い種でした。背中に二本の酸素ボンベを背負っているので、前かがみになって体重のバランスをとらないといけない。でもそうすると視界が限られて足元しか見えない。見上げようとすると海底に仰向けにひっくり返ってしまって、どんなにもがいても起き上がれない。「この兵器を発明した人は、きっとなんかの漫画からこれを思いついたんだね。彼はこの潜水服を着て海に潜ったことがあるんだろうか？」と言って、ぼくたちは笑いました。

新田隊長でさえ、ぼくらがこのおもちゃのようなインチキ爆弾のことをけなしても、怒りませんでした。にやにや笑って背を向けました。彼は海軍の職業将校にしては寛大で気さくな人でした。

この演習は見る分には面白いかもしれないが、実際に訓練していたぼくたちにとっては笑いごとではなく、重大な事故がしょっちゅう起きました。一つは一酸化炭素中毒です。これ自体は治療可能ですが、もし海水が呼吸缶に入り込むと、それに入っている二酸化炭素を吸収するための苛性ソーダが濃くなり、それを吸い込むと顔、鼻、気道や肺が焼けただれます。後の調査によると、これが原因で五〇人以上の訓練生が亡くなったそうです。

ぼくもこの事故を経験しました。水中にいるとき、身につけていた装備から変な音が聞こえたので、背中にある缶を触ってみてくれ、と訓練生に頼みました。缶が熱くなっていたので、急いで海から上がって缶を外しました。缶の中は水浸しでした。もし雑音に気づかなければぼくは死んでいたでしょう。

またあるとき、ぼくは水中で意識を失いました。助手がぼくの装備の空気弁を開けて酸素を入れ、ぼくを海面に押し上げました。たまたま巡回中の救助船が、水中からポンと浮き出た大きな〝風船〟を見て、船を停めてぼくを引き上げてくれました。沖で訓練生がヘルメットを外してくれて意識が戻りました。

病院の救急室で、ぼくは医師に「酸素吸入をしてください」と頼みました。ぼくは医師が同僚に、「Bewusstsein klar」と言ったのを聞きました。つまり「意識鮮明」です。おい、ドイツ語をしゃべっているじゃないか！　ぼんやりとした意識の中で、大学に戻ったのかと嬉しくなりました。

酸素のおかげで気分がよくなりました。「事故の原因は断定できなかったが、酸素吸入は正しい処置でした。しかし正直言うと、助かるとは思っていなかったですよ」と医者は言いました。

四五年七月末にぼくたちは瀬戸内海のある島に送られました。八月六日の朝は雲一つない美しい日でした。新田隊長がその日の予定について説明していたとき、窓の外で空全体が一瞬白くキラキラ光りました。それが何なのかわからなかったので、隊長が再び話し始めたそのとき、ものすごいごう音が聞こえました。

後に、広島の街を破壊した爆弾のことを聞きました。広島出身の訓練生が家に帰ることを許されました。戻ってきたとき、彼はだれからの質問にも答えませんでした。彼の目は焦点が定まっていなかった。それは地獄を見た者の目でした。広島に原爆が投下された九日後、日本は降伏しました。

3　一度に四人の乗組員を殺す重爆特攻

——花道柳太郎《はなみちりゅうたろう》

紀伊半島の南の村を訪れるために電車に乗った。西側の海岸線にそって南下すると、急な峡谷が砂浜に迫っていた。前夜の暴風雨で、山から落ちた土砂が線路をふさいだため、列車は途中の駅で止まってしまった。いっしょに旅をしていた妹がすぐ車を借りてくれて、海のそばの日高町にたどり着いた。

雨風のあともなく、穏やかな日だった。静かな道に沿った低い灌木の内側で、年配の女性が竹の竿に洗濯物をかけていた。車の音を聞いて、こちらを向いた顔は微笑みいっぱい。道に駆けだしてきて、「主人がお待ちしております。どうぞ、どうぞ」と私たちを中に導く。

花道さんは、八五歳には見えない若々しい方で、こぎれいな木造の家に住んでいられる。「この家は何年もかけて、仕切りを取り払って、床も天井も変えて改装を重ねてきたんです」と言いながら、わたしたちを居間の心地よいソファに座らせてくださった。部屋の真ん中のオブジェは、戦友の墜落した特攻機の残骸で、田んぼから拾い上げられたもの。部屋の四方の壁は、爆撃機や戦友の写真や、黄ばんだ和紙に書かれた戦陣訓や軍人勅諭で覆われている。ここは小さな戦争博物館なのだ。
花道さんは、この地方の柔らかな方言で話を始められた――。

小学校を卒業して軍の学校へ

おやじは、おけ屋やったんです。朝から晩まで木製の手おけを作っておった。水や米をすくう小さなもんから風呂おけまでね。木はきちんとくっつかんと水が漏れるさかい、手間のかかる仕事やから、おやじは子ども七人かかえて、貧乏しとったです。米がなくて、さつまいものおかゆを食べた。学校に行くとき、靴なんどなくてね、おやじはわらじを編んでくれました。一〇歳になってからは自分で編んだんや。

尋常小学校を卒業したとき(一九三九年三月)、先生はわしに、「おまえ、中学に行け」と言ったけれど、おやじにはそんな余裕はないと知っておったから、「どっか働き持って勉強できるところさがしてください」と頼んだ。先生は「陸軍航空隊に技能者養成所というのができたんで、お前そこに行ったらどうや」と勧めてくれた。わたしは試験に受かってそこに行った。どんな運命が待ち構えているかは全く知らずに。

そこは養成所といってもまるで軍隊生活でした。ラッパの音で起床し、ラッパで食事、就寝。半日は学科、あとは飛行機の実習。三年修行してから、航空廠に勤務したんやが、士官学校に入りたくてね、猛勉強したんですよ。九時に消灯なんやが、毛布被って懐中電灯で勉強したんや。巡回が回ってきたら、寝たふりをしてね。

昼間は飛行機の整備の仕事をさせられたの。それなのに、飛行機の中には入れてくれん。プロペラに潤滑油を入れて、手動慣性起動器で噛みあわせるとまわる。そんな仕事しかさしてくれん。でも正月で家に帰る前に一度だけ飛行機に乗せてくれたんですよ。たった十分、離陸して、ぐるっと回って降りただけ。でもそれだけで胸がおどったんや。飛行機に乗りとうてしようないようになってもた。夢の中では自分がパイロットになって空を飛んどった。

花道柳太郎さん（1926-）
和歌山県の西南、日高町のおけ屋に生まれ育った。中学校に行く代わりに、陸軍航空隊の技能者養成所に修学した。飛行機に憧れて特別幹部候補生試験を受け、航法士になったのだが、花道さんが属した第62戦隊は特攻部隊に指定された。巨大な怪物のような爆弾を積んだ重爆撃機に4人の乗組員が乗り、命もろとも敵艦に体当たりする絶対の命令を受けた。（左は著者）

ほいたらね、特別幹部候補生の募集が出てきたので、試験を受けて通って、滋賀県八日市の第八教育隊に入ったんです。そこでの訓練が終わると空中勤務者募集があってそこにも合格したんです。合格者は適性検査を受けて操縦士、通信士、機関士、航法士に分けられた。自分は操縦士になりたかったのに、「航法士」ちゅうやつになってもた。

日本ではまだレーダーを使っておらんかったのでね、

目立った目印となるもののない海の上を飛ぶときなど、推測に頼る航法ちゅうのが必要やった。上空には偏西風がすごい速さで吹いとるんで、羅針盤で方位を合わせてもずれるし、飛行機が飛ぶ速さも速度計の針と違ってくる。そのズレを計算して、現在いる地点を割り出して、十分ごとに地図に書き込んで、飛行機の進路を決める。操縦士になれんで、しばらくがっかりしてしもたが、航法士も大事な任務やちゅうことがわかったんや。

所属部隊がそのまま特攻部隊に

それで宇都宮の飛行学校で航法の教育を受けて、陸軍の飛行第六二戦隊に配属されたんです。それは重爆撃機隊で中国や東南アジアの戦場で飛んでいたんやが、優秀な搭乗員はみな死んでしもて、飛行機もほとんどやられてしもた。体制を立て直すんで、一九四四年に内地に戻って、西筑波に本拠地を定めたんです。ところが一九四五年二月、第六二戦隊は、特攻部隊に指定されてしまったんです。

「特攻」という言葉はそれまで聞いたことすらなかったです。若い学徒兵が「特攻」搭乗員を志願するように勧められたということを戦後になって知ったです。だがわしらは、それに志願することは求められなかった。それは絶対の命令で、わしらは何の質問も許されなかったんや。罪を犯していないのに死刑を宣告されたんです。

重爆撃機は低空を飛んで、最短距離でターゲットに達するわけや。この「特攻」爆撃機について特別なことは、爆弾を落とすのじゃなく、搭乗員は爆弾と心中して、自分自身を落とすということです。この数年間ずっと、自殺爆撃機になるための訓練をされておったということを、だれもわしには言ってくれなかったですね。

小さな神風機が、敵の大きな空母を破壊するのは難しかったわけ。それで、もっと重いモデルが作られたんです。(注)「飛龍」と呼ばれた四式重爆撃機（双発の爆撃機）を、陸軍は二種類の「特攻」爆撃機に改造したんや。

一つは「ト」号機（以下、「ト」と表記）です。二個の八〇〇キログラムの爆弾を機体の中央に設置する。

もう一つの爆撃機は「桜弾」装備機（以下、「桜」と表記）と呼ばれていた。「桜」は、せむしの怪物のようなやつ。「ト」よりさらに重い三トンもの爆弾を載せるんで円錐形の爆弾が、らくだのコブのように、背中に突き出していた。重量を軽くするために、飛行機の周りにはベニヤ板が使われていた。飛行機がどんなにもろくてもかまわんのだよね、どうせ短時間の飛行後、爆発してしまうんだから。この爆撃機は地上においても非常に危険なんで、基地周辺の住民は移転させられたんです。

小さい特攻機が一人のパイロットで飛ぶのに対して、これらの「特攻」重爆撃機には四人の乗組員——操縦士、機関士、航法士、通信士が乗るんです。爆弾を運ぶだけのために、大本営の偉いさんは一度に四人の命を殺すことを命令したんですよ。目標に当たらんかもしれんのにね。

第六二戦隊の隊員は「ト」か「桜」のどちらかに配属され、沖縄任務におもむくことになった。目標は沖縄総攻撃の準備で沿岸に集結中のアメリカの空母及び艦船や。その任務遂行のため、わが戦隊は、筑波の訓練基地から、沖縄に近く、かつ重爆撃機が離陸するのに十分な長さの滑走路のある九州の大刀洗航空基地（福岡県）に移動することになった。普通の飛行機には問題がないはずやが、訓練が未熟なパイロットが、ばかげた重さの爆撃機を操縦したんで、信じがたい大失敗が起こることになった。わしらの戦隊は本番の攻撃を始める前に多くの人命と爆撃機を失ったんです。

出撃直前の悲劇

一九四五年四月一二日、わしたちは編隊飛行（全部で五機）の準備をして筑波基地に整列しました。沢登戦隊長と各部門の偉いさんが乗った一番機を先頭に編隊を組んで大刀洗飛行場に向かうことになっていて、わしらは四番機だったんです。一番機が離陸し、二番機が従った。わしのが離陸して一五〇メートル上がったところで、一番機が突然機首を上に向け、そのまま横向きになって下に突っ込んだんです。落ちると同時に飛行機は爆発して火の玉になった。生存者なし。前の晩に酒を飲み過ぎたのか？　飛行機に載せた重い米俵や四斗樽や缶詰なんかが、上昇するときに転がって目方が後ろにかかって、失速したんやないかなどと憶測したんですが、何が起こったか、いまだにわかっていない。

不運な出発でした。でもそれだけじゃなかったんです。わしらの四番機は早目に大刀洗に降りたんやが、あとの三機の飛行機は遅かった。もう飛行場が暗闇で、設置点を照らす照明器がなくて、見えん。アメリカの爆弾で滑走路にポツポツと大穴が掘られているのでね、わしらは自動車のライトがちょうど照らしたんで、なんとか降りたんだが、次に降りた二番機は爆弾の落ちた穴に脚がはまって大破してしもた。まあ搭乗員は無事だったけどね。その次の三番機のやつは降りようとしたとき、着陸地点がわからず何回も着陸しようと引き返していたが、最後に錯覚を起こしたのか、ずっと先に進んで行って畑の中に墜落してしもた。この搭乗員も命はなんとか助かったが、最後の五番機は三番機が降りるのを旋回して待ってたんやが、燃料が無いようになってきたんか、四国のどっかの飛行場に行くちゅうて、見えなくなったんですよ。あとでわかったことは四国までたどりつけず、海の中に落ちたんです。そんなことで大事な人命ばかりか、飛行機が四機いかれたんや。

事故にもめげず、沖縄への任務を続けるようにと命じられたんで、二、三日経ったのち、わしらは自分が搭乗する「ト」の整備をしとった。そのとき、わしは近くの農家で水をもらうため爆撃機の外へ出たんやが、歩いてもどるとき、「ドーン」と大きな音がした。見ると数分前に完璧に見えた「ト」の機体の半分が砕けていた。なんと残骸の隣には、別の戦闘機が横たわっていた。目撃者によると、離陸したばかりの戦闘機が突風にあおられて爆撃機に衝突したということだった。これで五機がやられた。

「ト」は使用不能となったが、代わりに「桜」を与えられた。この怪物は究極の殺人機なんや。「桜」に乗れば、たとえ敵を発見できんかったとしても帰還することはできない。なぜか？　この爆弾はあんまり重いんで、片道分の燃料しか積めなかったからや。「ト」のタンクは満たすことができたんやが、当時日本では石油がひどく不足していたんで、「ト」ですら、片道の燃料で出発しろ、と言われていた。特攻隊は帰還することを想定されていないんだから、なんで帰りの燃料が必要かちゅうわけだ。

整備の親玉の貴志良一ちゅう大尉は、特攻に反対やった。実は第六二戦隊の戦隊長も反対だったんです。そんな関係で、貴志は燃料担当者に「満タンにいれとけっ」と命令した。そのおかげで、「ト」は帰れたの。わしらの出陣の七日前に出撃した四機のうち、二機の「桜」は帰らなかったが、二機の「ト」は悪天候のために帰還したんです。

わしらの「桜」チームは五月二五日に出撃するように命じられた。その日はわしの人生の最後の日となるはずやった。その日に離陸すれば、確実に死んでしもたはずやった。しかしながら、もう一つの神の干渉がわしらの飛行をさまたげた。実はその陰には大変な犠牲があったんです。五月二二日に、わしらは人生最後の休日として福岡の二日市温泉に慰労に行ったんです。そこで一泊して、翌朝早く「桜」の様子を見に飛行場に行った。なんと驚いたことに、怪物が鎮座していた場所には、灰の山があった。

憲兵隊が調べに来て、すぐにわしらの通信士の山本伍長に手錠をかけて引っぱって行ったんや。

彼は軍法会議で死刑を宣告され、八月九日に処刑されたんです。あと六日で終戦やったのになあ。

わしは個人的には山本は無実だったと考えとるんや。山本は内気でやさしいやつでね、あとで知ったことやが、朝鮮出身者やったそうだ。憲兵隊にとっては、「この重大な罪を犯した裏切者は朝鮮人の反日分子だ」と言えば、早く片付くんや。残りの搭乗員の佐野と桜井とわしには一言も尋問しなかったちゅうことは奇妙だと思いまへんか？　わしらが証言したら、山本のアリバイが成立してしまうかもしれんと恐れたに違いない。

たとえ彼がこの犯罪をやったとしても、彼は次の出陣で自殺の任務に赴くことになっていたんや。棺桶に入れられての〝死の出陣〟は罰として十分やないんか？　仮に彼が飛行機を燃やしたんだとしても、だれが彼を責めることができたやろう？　わしらは人間じゃなく、爆弾を運ぶ道具として訓練されておったんや。朝鮮出身者の山本が、祖国やない国のためや天皇のために、死にとうなかったのは当然のことやないか。

山本は温泉から基地に帰った軍用トラックで、わしといっしょだった。戦後わしが見た書類には、山本伍長は一人だけで基地に帰ったと書かれていたが、それはほんまやない。わしが寝たとき、彼も寝ていたね。みんなが眠ったあとで外に行って、飛行機に火をつけて帰ってくるなんて軽業ができるような状態やなかったんです。完全な灯火管制のもとでは真っ暗でね、簡単に外を出歩くなんてできないんですよ。

当時の軍法会議では、証拠はなくても、自供だけあったらよかったんや。山本は拷問にかけられて自供させられた。近くの村の女性たちは、顔から血を流し、頬が膨れ上がった彼が手錠をかけられて通り過ぎるのを見たそうや。山本は処刑されるより、つぎの出撃で死ぬことを望んだんで、戦隊長は法廷でそのように懇願したそうや。法廷は山本の希望を認めなかった。

そういうわけでわしらの「桜」はなくなった。山本あるいはだれかが、人殺しの怪物を取り壊してくれたことを、わしはこっそり感謝したです。しかしすぐ、山本なしの三人で、「桜」の代わりに「ト」を飛ばすように命じられた。

出撃の前夜、機関士の桜井がわしの寝床にやって来た。震えながら立ってわしの耳もとで小声で言った。「花道、おれは死にとうない。家に帰ると好きな女の子がいるんや。おれは死にとうない」。「おれだって死にとうないんや」とわしも彼にささやいた。他のだれにもこんなことを言ったことはなかった。天皇と国のために喜んで死ぬことが当たり前とされていたんや。わしらの前に死んだやつらは不平も言わずに出かけて行った。

桜井とわしは暗闇の中でいっしょに泣いた。そのときまでは、わしは自分の運命をあきらめていて、比較的平静に感じていた。しかしその夜は、燃えるように生きたい気がした。桜井が去ったあとも、悲しさと恐怖で気が狂いそうやった。どこかに広大な未知の世界があって、その世界はわしの前に展開するはずやった。その未来を体験することなく、明日、わしは濃紺の空から奈落の底へ飛び込むんや。「母さん、父さん」と声を出さずに叫んで、一晩中、涙に濡れた寝床で寝返りを打っておった。

出撃

翌朝、早く起こされて食堂に行った。戦時中の物不足とは無縁のご馳走が並んでいたが、胸がつかえてほとんど食べられんかった。食事が終わると、基地に行って一列に並んだ。小野戦隊長がわしの前に立って「出撃、ご苦労」と穏やかな声で言った。思わず涙が出た。

それから無線の係がわしのところに来て、山本がいないんで、通信士の仕事を航法と兼ね合わせてやってくれ、と言った。「でも、無線について何も知らんのであります」とわしは言った。彼は自分を無線の前に連れて行って、「んじゃ、突っ込むときはツーとこの電鍵を押せ。ほいで自爆するときは、ツツツツツとやる。これだけや」「そんなに簡単なら、なぜ通信士が必要なのでありますか？　貴重な命をむだにしなくて済みますね」と言いそうになったが、言葉を飲み込んで、「それだったらできます」と答えた。

午前六時、第六二戦隊の四機の特攻爆撃機（二機の「桜」と二機の「ト」）が、沖縄に向けて離陸した。東シナ海一帯に低気圧の雲が広がっているにもかかわらず。

わしらの「ト」は乗組員不足なので、溝田機長の「桜」に従うように命じられていた。しかし「桜」は恐竜が空を飛ぶように、モウレツに遅い。わしらは速度を落とすために、円やジグザグを描いて時間をつぶした。

やがて天候が悪化した。溝田の「桜」は厚い雲の向こうに見え隠れするだけだ。佐野はそのあとを懸命に追ったが、とうとう見失ってしまった。彼は絶望的になった。『桜』のことは忘れよう。花道、那覇への方向を計算してくれ」と彼は言った。雨雲と風のため、何の推測をするのも難しかったけれど、わしは何とか夢中で進路を出して、敵を探しながら、那覇に向かって低空飛行を続けた。

午前八時五七分、溝田機長の「桜」から「ミミミツツツ、戦艦に突入」という無線連絡が入った。福島機長の「桜」からは、九時二二分に連絡が入った。「ヤツタヤツタ……空母発見。ワレ突入ス」。

これらの通信を受けて、わしらは気が焦った。しかし天候はますます悪くなり、雨はやまんし、雲が低くて敵機の姿も船も島も一つも見つからん。三時間が経ち、燃料不足になった。

「こんな状況で続ければ、おれたちは犬死にするだけだ。帰って燃料を補給して、出直す。花道、帰還の道を見つけてくれ」と佐野が言って、機首を北に向けた。現在位置もわからんのに、進路を出せる道理はなかったが、全くの推測で、大刀洗方向を示したんや。佐野はわしの指図の通りに飛び続けた。もし自分の推測が間違っていたら、全員が死ぬんやで、胸の鼓動が激しくハラハラしとったが、ついにちっさい三つの島が見えたんや。しかし地図にも載っておらんでどこやわからんの。ホイでもしばらく飛んだら、徳之島が見えて、奄美大島があってね、ああこれで地紋航法（筆者注—地図と地形を照合しながら飛行する航法）で行けるから、このときぐらい嬉しかったことはなかったです。けど燃料が減って、シリンダーの温度がどんどん上がって、排気管の後ろの翼が焼けて白っぽくなってきた。佐野は最短距離の鹿屋を目指して、なんとかたどり着いたんです。天候が悪くて低空飛行やったんで、敵のレーダーに入らず、われわれは幸いやったです。燃料をもらって、再出撃するつもりで、大刀洗の本隊に連絡したんだが、「帰隊せよ」との命令やった。特攻から任務果たさずに帰るんは恥だし、大目玉くらうんやないかと心配やったけど、戦隊長は「次の機会を待って頑張ってほしい。ご苦労であった」と言ってくれた（筆者注─もう一機の「ト」もどういう経過をたどったかわからないが、無事に帰還した）。

出撃から生きて帰った特攻隊員は、拷問にかけられることがあると聞いていた。だが、わしらの小野戦隊長は優しい人やったんです。第六二戦隊は優しい戦隊長が多かったようです。五代目の戦隊長の石橋輝志少佐が書かれた随筆を戦後読んだが、彼は大本営に呼び出され、「第六二戦隊を特攻部隊に指定する」と言われたとき、それに反対したんです。「特攻による戦局挽回という時期はすでに去っています。命中を期し得ない攻撃、それは犬死にに等しいのであります。私は私の部下を犬死にさせたくないし、私もまた犬死にしたくありません」と極言したんです。それで三日後罷免になりました。

石橋少佐が言われたことは正しかったんです。溝田の「桜」も福島の「桜」も敵艦に突っ込むという通信を最後に消えたんやが、アメリカの記録にはその日の被害の記載はないんです。あの日の重爆特攻は何にも命中はせず、乗組員八人が犬死にしたんです。

戦争の終わりに向かって、アメリカは日本の特攻について知り尽くしていたという。彼らは一日中特攻機を見張っていて、それがレーダーに映ると、あらゆる方角から土砂降りの雨あられのような砲撃を浴びせたから、特攻が目標に到達するチャンスはほとんどなかったらしい。石橋少佐はそのことを知っていたんです。

戦後の沈黙

戦争が終わったとき、わしは「救われた」と思ってうれしかったんやが、同時に「死ななかった」ことで罪悪感に苦しんだ。大勢の仲間が死んだのに、なぜ自分は生きとったか？ わしは基地を去る前に、過去を記憶から締め出そうとして、思い出になりそうなものをみんな焼いてしもた——日記、軍帽、手袋、鉢巻、村の娘が作ってくれた人形など。それでも、死んだ戦友たちが毎晩夢の中に現れた。

家に帰ってから、わしは特攻の体験についてだれにも話さんかった。妻にも三〇年間話さんかった。両親は、わしが特攻隊やったことを全く知らずに死んだ。もし、わしが特攻隊員やったと言ったならば、田舎では裏切者と呼ばれたんやないか。なんで天皇のために死なんだ、と言われたかもね。息子が神風の生き残りやったために、親たちが石を投げつけられた、ちゅう話を聞いたんや。アメリカ占領軍のことも恐ろしかった。もし彼らが、自分が戦時中に何をやったかを知ったなら、彼らはわしを逮捕に来て拷問にかけるかと思ったんや。こんなへんぴな土地に住んでいたんで、戦後、世間の考えは変わったちゅうことを、わしは知らんかったからね。

蛙の子は蛙。戦後、わしはおやじが手おけを作るのを手伝った。戦争中、手おけは売れんで、おやじは借金を負っていた。だが戦後、近所の農家から、甘く煮たさつまいもを入れる手おけを作ってくれと頼まれてね。これがホットケーキのように売れたんや。この利益でおやじは借金を返し、この家を買うこともできたし、三反の土地も買って、畑も作ったんです。

良いことは長続きせんもんで、手おけの代わりに、農家がブリキの缶を使い始めたんで、おやじの商売はまた赤字になってしもた。そこでわしは会計を学び、村役場で経理になりましたんや。給料がよくて裕福になりました。

一九八五年に、第六二戦隊の戦友会で、戦争について何か書いてくれちゅう依頼をされたとき、わしは気が進まんかった。でも仲間が書いた体験記を読んで、自分の体験を隠していたのはまちがっていたと悟ったんです。わしらが体験を語らなかったら、戦時中に何が起こっていたんかをだれも知ることはないやろう。大本営が兵隊の命を平気で爆弾の代わりに使って、仲間たちが貴重な命を失った体験について語るのはわしの義務や。それからわしは新聞に書いたり、学校や講演会で話をしました。

わしは幸運の星の下で生まれたんです。よい妻に恵まれ、ひ孫を見るほど長生きをしました。毎朝、わしらが飛んだ西の空を眺めながら、死んだ戦友を思って祈ってますのや。

花道さんは、おみやげに、第六二戦隊や特攻や飛行機についての山のような書類のコピーを私にくださった。その中に彼と同じ日に「桜」に乗って帰らぬ人となった戦友の山下正辰伍長が書いた和歌が入っていた。命は散ってもせめて魂は家に帰って父母の腕に抱かれたい、という思いを込めた歌だった。

父や母　よも散りしとは　思ふまじ
　みたまかえるか　夢の腕《かいな》に

『毎日新聞』掲載の記事「戦後70年に向けて・いま靖国から」の第二八回（二〇一四年七月一〇日付）にこの歌が引用されていた。同記事によると、山下伍長の母松江さんは息子への手紙に、死なないでほしいという思いをあふれんばかりに綴っていた。

「死してばかりが御奉公では御座いません。どこまでもどこまでも生きて生きて生き抜いて」

〈注〉山田朗・明治大学教授の『日本は過去とどう向き合ってきたのか』（高文研、二〇一三年）所収の「〈靖国の思想〉と特攻」によれば、特攻について、陸軍は、当初、戦艦・空母を一機で撃沈することを狙ったため、双発の爆撃機で大きな爆弾を運ぶことを考えた。これに対し海軍は、成功率を高めるため、単発の戦闘機に二五〇キロの爆弾を積むことを考えたという。実際に戦果を挙げたのは海軍の方であったので、その後、陸軍も単発の戦闘機による特攻が主力となった。しかし、双発機（搭乗員は複数）による特攻も行われた。さらに、陸軍・海軍ともに、練習機による特攻まで行われた。

4　「大東亜共栄圏」の夢を追って

――飯田《いいだ》　進《すすむ》

飯田進さんは、横浜郊外、青い屋根と白壁の家が立ち並ぶ美しい一角に住んでいられる。背が高く頑丈そうで、人なつこい笑顔と力強い握手で迎えてくださった。苦難にみちた人生を歩んでこられたと知る私には、彼がいかにも生き生きとしていられることが嬉しい驚きだった。

飯田さんは数々の著書や新聞記事を書かれてきた。そこにはニューギニアの戦争と、戦犯としての過酷な体験を強靱な精神力で生き延びた人の、戦争についての生々しい告発と、卓越した発言がある。九二歳になられても、問い続け、考え続け、いまだに書くことをやめない。

「足が悪いのでね」と言って、インドネシア風の家具に囲まれた広い居間の安楽椅子に膝を伸ばして座られ、彼の人生と戦争の経験を語ってくださった。

大学進学の夢が開戦で絶たれる

ぼくは一九二三年、京都の生まれ。父は零細な土建業者だったが、京都にいるあいだに初めてマネージャーの地位に昇進したのです。といってもぼくたちは相変わらず、灯篭がならんで、着飾った女性が歩く街並みからは遠い貧民街に住んでいましたがね。

父はときには芸妓のいる色町に出かけて小さな成功者ぶりを見せびらかしていたのだが、第一次大戦後の不景気で失業してしまった。最年長のぼくを頭に五人の子どもを抱えて、父は町から町へ仕事を追って移り住んだ。両親は仲が悪くて喧嘩の絶え間がなかった。一度、父との大ゲンカのすえ、暗闇の海の方へ走って行った母を追いかけたことがあった。暗い波が次々と押し寄せる砂浜でぼくは母と格闘して、岸に引っ張ってきたのを覚えています。

毎年、学校を移らなくてはならなかったが、でも向学心が強かったから、学校が好きでした。中学卒業のとき、父は「銀行で給仕でもして働け」と言ったが、泣いて頼んで高校に進学しました。成績はよかったが、つまらない事件で中退することになった。

ある日、学校からの帰り道、近くの女学校の生徒がリンゴをくれたので、それを食べたのです。その頃の地方の高校教師がアダムとイブの話を知っていたかどうかわからんが、「男女七歳にして席を同じくせず」という儒教の教えからは、女の子からリンゴをもらって食べるなどはもってのほかであったらしい。

　ぼくは職員室に呼ばれて、居並ぶ先生たちに怒鳴られた。何も悪いことをした覚えがなかったから、ぼくは憤激した。どうしても謝る気がしなかったので、退学しました。月謝の捻出にキュウキュウとしていた親父は、反対しませんでしたね。

　それで炭鉱で働いて、石炭を積んでトロッコを動かしたり、選炭場の機械操作をしていた。ある日東京から叔父が訪ねてきて、「進、こんなみじめなところで何をしちょる?」と居丈高に怒鳴った。「いまお前の祖国がどういう大計画を始めようとしているか、知らんのか?」。

飯田　進さん（1923-）
京都府に生まれた。叔父から学んだ大東亜共栄圏の理想に共鳴して上京。戦争が始まると、海軍民政府職員としてニューギニアに渡る。資源調査団の通訳として奥地を探検したが、戦況の悪化に伴って戦争に加担。ＢＣ級戦犯として、巣鴨プリズンに送られた。国策のアジア解放の虚偽、日本兵の加害の残虐、勝者による裁判のあり方などの戦争問題を考え続け、語り続けてきた。

　ヨーロッパ勢力の支配下にあるアジア諸国を解放するために、日本がいかにして「大東亜共栄圏」を打ち立てようとしているかを、彼は情熱的に語ってくれた。叔父が右翼の愛国青年連盟の会員で、その組織の主義主張を宣伝していたのだということは、あとになって知った。だが、欲求不満を抱えた感受性の強い年頃の少年は、威風堂々としてアジアの将来を語る叔父の弁舌に魅せられました。

　即座に決心をして叔父といっしょに上京して、そこから貨物船でポナペというミクロネシアの島に渡った。

そこは彼の新しい勤務地だったが、胸を膨らまして来たぼくは、眠たくなるような熱帯の島で死ぬほど退屈して、大学へ行きたいという燃えるような思いに駆られて東京へ戻って来ました。

東京で二人のルームメイトとアパートを一間借りました。二人とも同じように地方の貧しい家庭に生まれ、大学へ進学したかったのです。ぼくは、昼は区役所の選挙係で働き、夜は寝る暇も惜しんで大学入試に備えて猛勉強しました。

一九四一年一二月八日、太平洋戦争開戦。ぼくたちは三人とも一九歳、徴兵は免れられない運命でした。大学に通うぼくの夢は破れた。しかしその頃までに、叔父の洗脳が功を奏して、大東亜共栄圏の樹立を手伝いたいという夢を描いていました。

「戦争に行ったら、もう二度と会えないかもしれないね」とルームメイトたちと言いあって、三人で渋谷の写真館に行って記念写真を撮った。それが、この本棚の上にある写真。二人ともサイパンに送られて戦死しました。遺骨さえ戻らなかったの。戦後、そこで戦死した兵士たちの記念碑を建てた人たちといっしょに、ぼくはその太平洋の小島に行きました。御影石の碑に抱きつくと、とめどなく涙があふれました。碑のいしずえの台石のあいだに、二人に書いた手紙と、ぼくらの記念写真を差し込んで置いてきました。

「大東亜共栄圏」建設の尖兵に

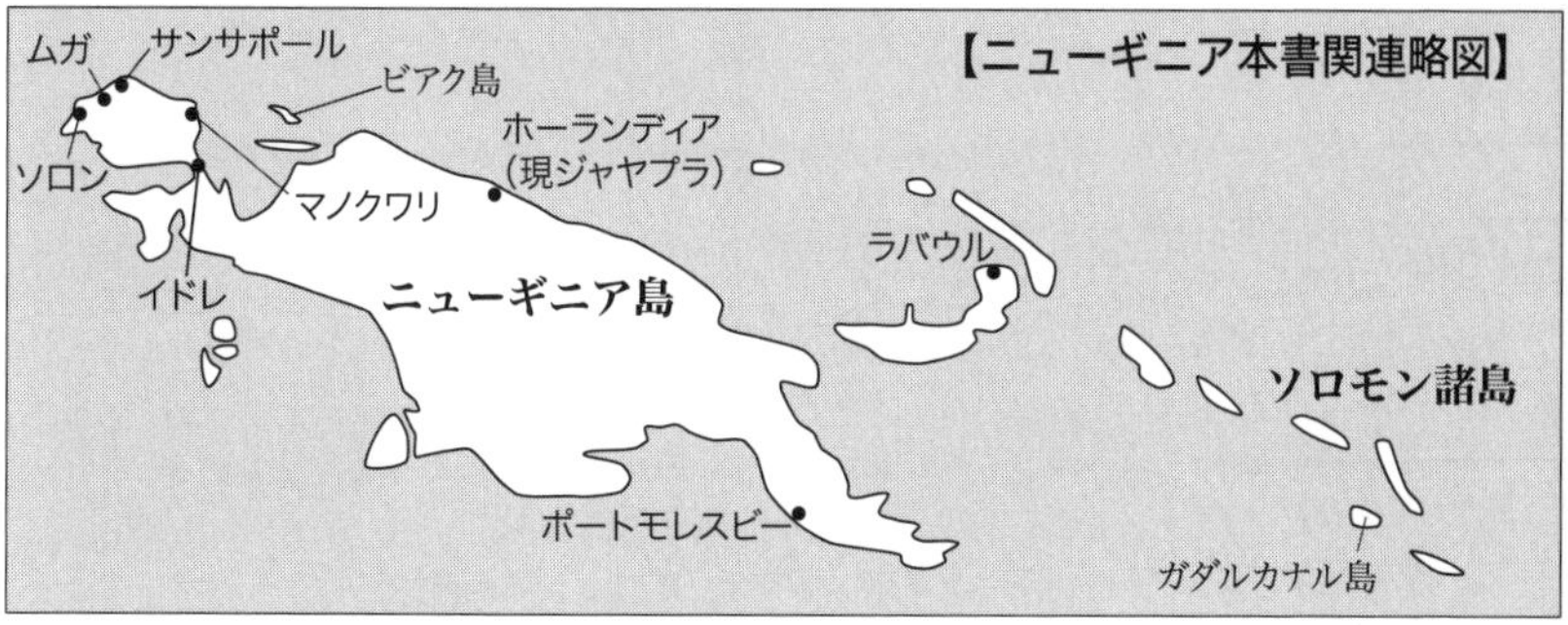

【ニューギニア本書関連略図】

ぼくは兵隊にはなりたくなかった。それで政府の外郭団体が作った学校に登録したんです。科目は歴史と地理と言語。その学校の目的は、若者たちを教育して大東亜共栄圏のリーダーにすることだった。武術も重要なカリキュラムの一部でした。予備役の中将がぼくを気に入って、「君なら優秀な情報将校になれる。推薦してやるから憲兵にならんか」と言いました。

帝国日本の最盛期、高級将校の一言は千金だったのだろうが、ぼくは、「閣下、ご忠言有難うございます。しかし、自分はむしろ無位無官の浪人としてアジア解放に一身を捧げたいのであります」と答えた。ぼくはロマンチックな青年で、それほど大東亜共栄圏の夢に憧れていた。

そこを卒業すると、ぼくは海軍ニューギニア民政府に採用された。ニューギニアがアジア解放のメッカだと思ったわけではないが、少なくともスタート地点となるだろうと考えた。地図で見るその島は太平洋に浮かぶ恐竜のようです。われわれは横柄にもこの見知らぬ土地に許可も招待もなく侵入しようとしていたのでした。

一九四三年二月、横浜から五〇〇〇キロ、ニューギニア西部のマノクワリに着いた。日本軍の占領までオランダ植民地政府の本拠地だったところで、赤い屋根の建物が深緑のジャングルのなかに点在していた。不気味に静まりかえり、何ものにも乱されることを拒む秘密の島の感じでした。

ぼくが配属された第一班の任務は、その地域の石油、ボーキサイト、ゴム、木材資源の調査でした。ぼくは科学者ではなく、現地の人びととふれあう機会が多かったので、インドネシア語が上手になり、通訳に使われたのです。原住民はインドネシア人とパプア人で、それぞれ言語は違う。でもインドネシア語がわかるパプア人もいるので話を通じさせることができました。

この頃はすでにガダルカナルは陥落していたし、ニューギニア東部で日本軍は苦戦していたのだが、我々にはそんな情報は隠されていたので、調査などに励んでいたわけです。

第一班の最初の探検は、標高三〇〇〇メートルのアルファク山系でした。そこに住むマネキヨン族は「人喰い人種」という噂で、沿岸地域の住民は決してアルファクには近づかない。我々二〇名の探索隊には二名の護衛兵がついていたが、もしマネキヨンに敵対するようなことがあれば生きては帰れない。

内陸の高地を登っていたある日、山の中腹で煙が立ち昇るのが見えた。現地ガイドひとりと仲間ひとりといっしょにこっそりと煙に近づいた。案の状、裸の大きな男が土を耕していて、不愛想な顔つきでぼくたちを睨んだので、慌ててガイドの助言で持ってきていたネックレスと原色で染めた布地を手で振って見せたが、男は顔を真っ赤にして、弓に矢をつがえてぼくたちに狙いをつけ、大声で野獣のような唸り声を挙げて、仲間を呼んでいる。ぼくたちは命からがら山を駆け下り、どうやら逃げおおせました。

いろいろ失敗をくり返したあと、ついにマネキヨンたちと友達になりました。彼らの武器は、布地や塩と交換したので危険がなくなった。いったん警戒を解くと彼らはとても親切で、奥地に進むぼくたちのリュックを背負って険しい山地を忍者のように飛んで、ガイドをしてくれました。あるときは、暗い山奥の秘境にあるギジとギタという、絵のように美しい「神々の湖」に案内をしてくれました。山の中は寒い。彼らは焚火をしてそのまわりを腕を組み合わせて回る。胸を露わにした少女たちがぼくたちを踊りの輪に引っ張り込んだのはよかったが、強烈な体臭にたまらず離れようとした。だが腕はつる草みたいにからみついていて、踊り続けなくてはならなかった。

マネキヨンの人たちは風呂に入らないし水浴びもしない。山中の夜の寒さから身を守るために彼らはイノシシの油を体中に塗る。獣油と汗が混ざると異様な臭いになるんです。

他の部族も知るようになり、ぼくは彼らをみんな好きになりました。でも友達になったと思ったのは幻想にすぎなかった。あとで彼らはぼくたちを裏切って、オランダ軍やオーストラリア軍側のゲリラになった。飢えた日本兵が彼らの乏しい食糧を奪い、作物を荒らしたので、彼らの信頼を失ったのです。

ぼくたちは資源探査のために他の地域にも行ったのだが、征服の見込みが全くない他の国を、許可も得ずに調査するなどは、時と金の浪費だったのです。ぼくたちは、基地に飛来するパイロットたちから、戦線の状況を聞いていた。ニューギニア東部で日本軍は戦闘に敗れ、ジャングルや山地に逃げ、何万人という兵隊たちが飢えと疲労と病によって死んでいたのです。それぞれ未来に夢を持っていた青年たちが、どんな無念の思いを持って死んで行ったのだろうか？　二〇万以上の兵の中から日本に帰れたのは、二万人だったという。

戦況の悪化

戦況の悪化はニューギニアのみでなく太平洋の島々すべてに起こっていた。航空母艦のほとんどはマリアナ諸島の沖に沈み、ぼくのルームメイト二人が送られたサイパンでは六万人の日本兵が死んだ。邦人たちは絶壁から身を投げて自決したという。

ぼくがいた西部ニューギニアの日本軍も、東部に続いて悲惨な運命をたどることになる。一九四四年五月、マノクワリの沖あいのビアク島が米軍艦隊による攻撃を受けた。長距離爆撃機B17はこの島からフィリピンへの直接飛行が可能なので、ここは重要な戦略上のポイントだった。ご承知のように、マッカーサー将軍はオーストラリアからフィリピンへの復帰を心に決めていた。

ビアク島の一万三〇〇〇人の日本軍は敵を撃退しようと必死の努力をしたが、圧倒的に上回る人数で上陸した米軍には敵わなかった。日本兵の多くはジャングルに逃げ込んで死んだ。自決した者も多い（戦後になって八三人の生存兵がジャングルで見つかり、救助された）。

ビアク島の陥落を見て、マノクワリ司令部の豊嶋司令官は、次は彼の基地が狙われると怖れ、南東二〇〇キロのイドレに司令部の移動を決定した。自らは少数のスタッフとともに空を飛んだのだが、マノクワリを去る前、彼は部隊の約一万名の兵には、新司令部へ陸地転進をするように（筆者注―大本営は「撤退」という言葉を嫌って「転進」と呼んだ）、残りの兵士には、四〇〇キロ離れた西のソロンへ行くように、と命じた。

「残念ながら、お前たちに渡す食糧はない」と彼は兵に告げた。「しかし新司令部の付近とその道中には、サゴ椰子（ナツメヤシ）がいっぱいある。サゴ椰子が花を咲かせると、幹には多量の澱粉が蓄えられる。これは現地人の主な栄養源となっておる。ゆえにお前たちにも十分に良好であろう」。

沿岸を徒歩でイドレに向かった者たちは敵の攻撃を受けた。内陸へ向かった者たちは河を泳いで渡り、三〇〇〇メートルの峠を越えて難儀な山道を歩いた。サゴ椰子はめったに見つからず、あったとしてもまだ花が咲く時期ではなかった。蛇一匹、カエル一匹を見つけて食べれば、運がよかった。三カ月のジャングルの旅ののちイドレについたのは七〇〇人でした。

ソロンへ西進していった兵士たちも、東へ向かった者たちに負けない困難な旅をした。道はない。山と大河、沼地とジャングルの連続、歩くごとに、先に行った仲間たちの遺体につまづいた。約五〇〇〇人がソロンに着いた。これらの生き残りが来たとき、ぼくはソロンにいたのだが、幽霊が現れたと思いましたね。

同じ頃、もう一組、別の敗残兵の一団が、ソロンに着いた。彼らはビアク島の米軍攻撃から日本兵を援護するために中国から派遣されてきた陸軍第三五師団（師団長・池田浚吉）だった。

太平洋を越える長い航海で半数以上の船は撃沈されていた。残りの船舶がやっとビアクに接近した頃には、島はすでに米軍に占拠されていた。それで彼らはマノクワリから三〇〇キロ西方にあるサンサポールの近くで上陸して、さらにそこから一〇〇キロ西のソロンまで歩くことになった。

実戦に参加

ソロンにたどり着いた第三五師団の将校の一人は長沼十郎さん。飯とかぼちゃの食事を与えると、彼は次のような話をした。この彼の話が、ぼくが戦争に関わるきっかけとなったのです。

「サンサポールに着くと、蘭印（オランダ）軍とオーストラリア軍が待ち構えていて、攻撃してきた。我々はジャングルへ逃げ込み、山岳地帯を迂回して一カ月さまよった。中国からありとあらゆる危険を生き延びた兵たちは、この魔の島の旅でさらに減っていったが、『ソロンまで五〇マイル』と書いた標識を見たときは、『救われた！』と喜んだ。河村参謀と生き残りの私たちが、ムガ河沿いに歩いていくと、驚いたことに消息を絶っていた森田大佐と二〇人の部下たちに出会ったのです。『生きていたのか』と互いに喜びあって座り込み、若い兵たちが川でとってきたカニを飯盒で料理して祝宴をしました。もうすぐソロン、苦難もやっと終わるはずでした。河村参謀と森田大佐の将兵が河を渡って椰子林に入ると、原始的な小屋が並んでいた。ムガ村というパプア人の村だった。

二、三人のパプア人が後ろから出てきて、『海岸に椰子の実がいっぱいなっているから、採ってあげましょう』とインドネシア語で言った。とても親切そうなので我々はついて行った。ところが道が次第に粘土質になり、あたり一面が沼地で、滑ったり、泥土に深くはまりこんだりした。椰子の木に登った男は実をおとしてくれない。はっと思って周りを見ると、茂った葉の間に銃口が我々を狙っておる。しまった、だまされた。『走れ！』と叫んだのだが、膝まで浸かる泥の中。耳をつんざく銃声と叫び声がこだました。ほどなく森田大佐も河村参謀も他の将校も幹部兵も殺されました」

話すにつれ、長沼さんは声をつまらせた。彼の話にぼくは憤激した。ぼくはパプア人たちと仲良くなろうとして、これまで多大の努力を払ってきたのです。なんで彼らはぼくたちを裏切るのか？日本帝国の将校たちが、易々と現地ゲリラに虐殺されるとはどういうことなのだ。

中国から来た第三五師団は、今やわずかな数になっていたが、どうせ戦う相手もなかった。ビアクとサンサポールを攻略した米軍はもう戦略的価値のないマノクワリやソロンのような拠点にはこだわらなかった。日本兵は爆撃しなくても、彼らは餓死するだろう。まさにその通りだったのだ。戦闘の必要は無くなったのに、池田師団長は何ができるかと考えた末、思いついたのが、サンサポールの敵撃滅を狙う「北岸作戦」だった。彼の戦闘部隊は十分に残っていないから、この計画実施のため、彼は第二二一歩兵連隊を動員したのだが、これも病気か、すでに死んだか、死にかけている兵ばかりで、派遣可能だったのは二〇〇人だった。

池田師団長はまだ着任したばかりで、ニューギニアについての知識がなかった。そこで彼はこの地の事情に通じた人物を派遣してくれるように海軍民政府に頼み、ぼくが非戦闘員の要員として選ばれた。さっき話したムガ村での将校たちの虐殺の話に、衝撃を受けたあとだったから、これは天から与えられた報復の好機と思ったのです。六人の地元民巡警が与えられ、彼らから「キャプテン（大尉）」と呼ばれ、ぼくはなんだか偉くなったような気がしました。

住民虐殺

アンデス巡警を連れ、ぼくはムガ地域の偵察に出かけました。何日もジャングルを歩いたあと、ある日のこと、アンデスは丘の背にある一軒の家を探りあてた。屋根の上にオランダの旗が翻っている。近寄ると、槍と弓矢がドアの傍に掛けてある。あたりは闇だったから、ぼくたちは家にしのび寄って身を潜めた。

突然立ち上がって、ぼくはドアを開いた。一二人ほどの男女が座っていた。アンデスが彼らの目に懐中電灯の光を射てつけ、ぼくは剣を振りかざした。一人は逃げたが、ぼくは二人の男をロープで縛りあげた。アメリカタバコ、オランダ製の銃数丁、日本軍の飯盒数個などが部屋のなかに散らばっていた。

アンデスが、捕えた二人のうち背の高い方を指さして、ぼくに耳打ちした。「奴を覚えているでしょう？　あれはムガの村長ですよ。ひとりの女を殺したので、捕えてソロン基地の牢に入れたのですが、逃げました。その後ここに隠れていたんですねぇ」。

ぼくも彼がソロン基地で防空壕を掘っているのを見た。村長はゲリラ隊長として有名だった。村長はソアンギという悪霊の憑いた女を殺した。ソアンギとは彼らの信じるアニミズムの文化では、だれかに姿を変えて取り憑いて、災いをもたらす。それで村長はその女の手足を八つ切りにして殺したのです。第三五師団の将校たちの沼地での殺害を命令したのも、彼に違いない。これはすごい捕り物だ。ぼくは得意だった。

その家を去ろうとしたとき、基地で飢えた兵隊たちにこの家にある食糧を持っていくべきだとぼくは考えた。「基地まで食糧を運ぶのを手伝ってくれないか?」。そこにいた女たちにぼくは言いました。「仕事が済んだらすぐ帰してやる。ぼくは兵隊ではない。本来、お前たちの保護にあたるべき行政機関の役人だ。男たちは取り調べるが、女子どもの命は神に誓って保証する」。

これは本気で言ったことです。ぼくは武装して彼女らの家に押し入った盗賊で、彼らの身内の男たちを捕え、食糧を盗んだ。地元民たちのわずかな食物を略奪した。大東亜共栄圏の崇高な思想はどうなってしまったのか?　しかし少なくとも罪もない女子どもを殺すなどはぼくの信念ではなかった。

女たちは抵抗しなかった。四人の女と一人の子どもの背に、タピオカ、サツマイモ、カボチャ、サゴ椰子澱粉などを背負わせて、基地へ下りて行った。

帰隊したら英雄なみの歓迎を受けるとぼくは期待していた。だが反対に恐ろしいことが起ころうとしていたのです。部隊長のI少佐は彼女らの釈放に応じなかったのです。「とんでもない。釈放すれば、わが部隊の情報を男たちに知らせるから、殺さねばならない」。

「ダメです」とぼくは叫びました。上官に言い返すなど許されないことは知っていたが、「二、三人の女を釈放しようがしまいが同じことです。ここは彼らの領分です。毎日、ジャングルの枝や葉陰からぼくたちの動静を見張っているのですから」と言い張った。

I部隊長はぼくの生意気な抗弁に怒り、戦場の常識を知らない輩と軽蔑を露わにした。しかしぼくは懇願し続けた。「I少佐殿。ぼくの部下の巡警たちは、みな地元民です。ぼくの約束に背いてこの女たちを殺すようなことがあれば彼らがどう反応するか、それもお考えになってください」。

部隊長の額に三本の深いしわが刻まれた。姿勢をただし、あごをあげて怒鳴り返した。「奴らの仲間たちにわが将兵たちが虐殺されたのだ。北部沿岸地域の地元民を全員掃討せよと、師団司令部から命令を受けている。ここでの使命は我が将兵たちの名誉のための地元民への復讐である。飯田君、今日はよくやった。しかし君は戦争がどんなものかを知らん」。

I少佐が中国戦線で戦ってきた将校であることを忘れていたとは、なんとぼくはうかつだったか。第三五師団は中国戦線において、村々を襲って略奪し、村人を虐殺し、焼き払ったのです。そんな戦場の経験者からみれば、ぼくなどは時代遅れの武士道に基づくセンチメンタルなロマンチストでした。

ぼくは泣きたかった。でもいくら議論しても勝ち目のないことがわかっていた。ぼくは四人の女たちとあの子どもをだましてしまったのだ。今日にいたるまで、ぼくの胸には深い傷があって、決して癒えることはありません。あの女たちと彼女らの大きな黒い目を思って、今でも泣くことがあります。彼女らは、ぼくの言葉を信用しようとして、ぼくの目を見つめていた。たとえ自分が殺されても、ぼくは彼女らのためにたたかうべきでした。ぼくは卑怯者でした。

次の日、ぼくは斥候将校と、手錠にされた村長を引き立てた若い朝鮮出身の初年兵とともに近くの山へ登った。森の開けたところでM中尉は立ち止まり、ぼくに「ここにしよう」と言いました。村長を処刑しようということです。

M中尉は木の杭を地中に立て、村長を縛り付けました。初年兵に向かって、彼は叫びました、「前進！」。

その初年兵は、震えながら前方へよろめき出ました。

「突撃！」と言うM中尉の怒号に、銃に着剣をした初年兵はふらつきながら村長を何度も刺したが、手足がふるえていて力が入らない。村長の腹や内臓から血しぶきがほとばしったが、死にきれない。半死の村長は激痛に絶叫しながら、ぼくに倒れかかってきた。

突如ぼくは鞘をはらうと、彼にむかって剣を振り下ろしました。肩甲骨が切断され、彼は息絶えました。

ぼくは刀の血を拭きとり、鞘におさめながら、吐き気を催した。

ぼくのしたことは正しかったのか。その男は何十人という日本軍将校を殺し、罪のない一人の女を殺した。彼を殺すことは正当化される……。いや、そうだろうか？　自分の行った行為を正当化しようとするぼくの頭の中は渦巻状になった。村長にとどめを刺したのは、怖《おじ》けた朝鮮兵が、村長を寸刻みにする凄惨さに耐えられなくなったためだ。これは本当です。それでもぼくは人を殺したのです。

次の日の夕刻、ぼくとM中尉はムガ村に戻って行きました。どの家も空巣で人陰がありません。ぼくらが倒れた樹木に腰をおろしてしばらく休んでいると、耳をつんざく銃声が一発聞こえました。次の瞬間、M中尉はうつぶせに地面に倒れました。彼らはぼくを狙ったが、かわりに彼が撃たれたのだろうか?

ぼくが基地に帰ると、あの女たちと子どもはどこにもいなかった。部下の巡警たちがぼくの背後でささやき合っていたが、何も説明する気にはならなかった。もう起こってしまったことには何の言い訳もできない。その日までは巡警たちはみんなぼくの友達だった。だがその日以来、彼らはぼくを非難の目で見るようになったのです。女たちと子どもの身に起きたことについて、ぼく自身、自分を許すことはできませんでした。

その事件のあと、ぼくは別人になったのです。それまで、ぼくは自分をアジアの解放のために捧げたいと思っていました。それはセンチメンタルな夢だったかもしれないが、ぼくはそのことに情熱を感じていたのです。しかし非人間的で残酷な軍の論理と戦場の醜い現実に対峙して、ぼくの精神は失われたのです。いまだにぼくが宗教のように信じている武士道精神によれば、無実の人の殺害は絶対に許されない。中国戦線で戦った兵たちから非道な体験を聞いても、ぼくは日本兵がそんなことをするとは信じていなかったのです。だがこの事件が、ぼくのロマンチックな理想主義を粉々に打ち砕いたのです。

敗戦

毎日兵士たちは死んでいきました。彼らは雑草、とかげ、蛇、やどかり、鳥、ときにイノシシ、ネズミも食べました。下痢とマラリアに苦しんだが、医薬品は皆無でした。パパイアやカボチャの葉をゆでて薬と呼んでいました。古い軍靴を煮てみました。二日間煮ても、固くてかむことも飲み込むこともできなかったです。

「日本は戦争に負けたぞ!」、ある日、海軍将校が叫びました。地球の自転が止まったようなショックでした。ときどき米軍機が「沖縄陥落。日本の諸都市は壊滅」などとビラをまいていたが、ぼくは皇国・日本が負けるなどとは信じなかったのです。

ぼくは海岸へ歩いて行き、銃を構えて弾丸すべてを海中に撃ち込みました。ニューギニアにいることは大きな監獄にいるようなものでした。船が来なければ、ぼくたちは永遠にそこにいたでしょう。みな、腹をすかせ、やることと言えば必死の思いで食べ物を探すだけでした。

戦争前、この地域はオランダの植民地でした。ジャワで日本軍の捕虜となって苛酷な扱いを受けていたオランダ兵たちが戻ってきたとき、彼らは日本人に対してすさまじい怨念を持っていた。ぼくは部下だった巡警たちを解放して、「オランダ人がお前を咎めたら、何であれ、飯田から命令されたと言いなさい」と言った。日本軍に協力をした現地人は、重罪に問われるのだ。

敗戦を知ってから、ぼくは深く落ち込んで自殺を考えた。自殺をしなくても、自分は戦犯として捕えられて、絞首刑になるだろう……。ぼくはムガ村長を殺した戦犯である。四人のパプア女性と子ども一人の死についても咎められるだろう。ぼくの無実を証言できる人間はだれもいなかった。四人の女と一人の子どもを殺害した責任者であるI部隊長も池田師団長も、あの事件の直後、他の将校たちとともに連合軍基地を攻撃し、そのとき砲火によって戦死したのです。

ある夕方、ぼくは短剣と銃をナップサックに入れて、南の村に向かって歩いた。親友の森山軍曹がそこにいるはずでした。ぼくらは互いに兄弟の誓いを立てたことのある仲。自殺する前に一言、サヨナラが言いたかった。

その夜は満月でした。ぼくの計画では、月明かりの下、カヌーで深い海に漕ぎ出し、腹を切ったうえ、こめかみを撃つつもりでした。そしたら海へ落ちるでしょう。

森山は宿舎にいなかったが、顔見知りの遊撃隊の将校たちが、近くで椰子酒を飲んでいました。「おい飯田、会えて嬉しいぞ。いっしょに飲もう。ここへ来い」と言って、席を作ってくれ、一人はもう椰子の実に酒を注いで、差し出してくれました。「ここにはいられません。これから自決するのです」とは言い出せず、「すぐ行くところがあるのですが、しばらくお邪魔します」と言って座り込んだ。結局、何時間も彼らと飲み続けてしまった。

夜遅く、ナップサックを置いてきた森山の宿舎へもぐりこんだのだが、このときも彼はいませんでした。しかし、少し前にいたに違いなく、その証拠に彼の部屋に置いておいたナップサックは空っぽで、銃も剣も見当たらなかった。ぼくの意図を察して、森山が隠してしまったにちがいない。「落ち着け、飯田。お前はせっかちすぎるぞ」と彼はよく、ぼくに言っていた。

ぼくは絶望的な気持ちになり、泣きたいだけ泣きました。涙も涸れ、干からびた骸《むくろ》のようになって、ぼくは眠ってしまったようです。眼がさめたとき、ぼくはしらふにもどり、生まれ変わったように感じました。戸外の空気は静かで清浄でした。ぼくは自殺の決意を考え直しました。未来がどうであれ、それがどのように屈辱的な未来であろうとも、ぼくは真正面から尊厳をもって立ち向かうのだ、と。

戦争犯罪人

まもなくオランダ植民地軍憲兵が来て、ぼくを戦犯容疑者として逮捕しました。遠く東のホーランディアの牢獄に連れて行かれ、岬の先に建てられた一並びのボロ屋の獄に入れられました。各門には有刺鉄線がからみつけてあり、犬小屋ほどの小さな窓から外が見えた。ここでぼくは二三歳から二六歳までの三年半を過ごしたのです。朝はドックや建設工事現場での重労働。ペンはなく、読む新聞も本もない。あらゆるコミュニケーション手段は禁じられていた。

看守たちはジャワの日本軍収容所で働かされたインドネシア人たちで、彼らは昼夜ぼくを拷問にかけました。外界から孤絶された暗い壁の内部で、彼らの仕打ちを妨げるものは何もない。彼らの暗い目に燃える怒りの色と、残忍なムチ打ちは、皇軍の怪物どもが、アジア人たちに対して何をしたかを悟らせるものでした。

ぼくは棍棒、ホース、銃剣の台尻、そして軍靴で殴られました。体中が青や黒のあざだらけ、鼻も両眼も腫れあがって出血し、自分でも自分とはわからない形相になりました。夜は横になっても、体が痛くて寝返りを打ち、屈辱の涙が冷たいコンクリートの床をぬらしました。

与えられた食物は腐りかけ、よく下痢をしましたが、独房には便所がなく、看守がきてトイレに連れてゆくまで待たなくてはならないのです。戦場で使っていた飯盒を便器に使い、食事にはそれを洗ってスープの器にしました。

それでもこの刑務所で最も耐え難かった苦痛は、精神的なものでした。長い戦争の年月にぼくを支えてきた理想が偽物だったことに気づいたことで、ぼくは深淵に突き落とされたのです。「解放者」という尊大な名目は、他の国を侵略して略奪行為をするための薄いかくれみのに過ぎなかったと悟ったとき、ぼくの信念はすべて崩れ去りました。ぼくは処罰を受けて当然でした。ぼくたちが教え込まれて信じた思想――ぼくたちは特別な人種で、欧米の抑圧から土着の人々を救うことができるという――これはウソ以外の何物でもなかったのだから。

一九四八年七月、戦犯裁判が始まりました。ぼくは弁明を許されなかった。証人になれたであろう者たちはすでに死んでいたし、ぼくが申請した者たちは招かれませんでした。日本から派遣された弁護士たちが二ページにわたる弁護書類を読み上げました。ぼくはムガの村長の殺害のみでなく、オランダ巡警を手なづける役割にも加担したとして告発された。また自分が殺していない別の人物の殺害についても罪を問われていた。事実の誤認を論証できる現地の弁護士はいなかった。正義と人道の名のもとで開かれた軍事法廷は三〇分で終わったのです。

日本軍捕虜だったオランダ人による軍事法廷には日本軍への復讐心がありました。それに戦後はインドネシア人によるオランダからの独立運動が津波の勢いで勢力を得ていたから、オランダ軍は共通の敵である日本軍を罰することに熱心でした。

だからぼくは最悪の判決を予想していた。被告から公正な裁判の権利を奪い、屠殺場の動物のようにぼくを扱う法廷には怒っていたが、ぼくが死ぬことで、自分自身と自分の国の犯した罪を償うことになるならいい、と自分に言い聞かせました。起こった事件については、死んだ者を含めて他のだれのせいにもせず、責任を逃れようとしなかったことをぼくは誇りとしていた。

それでも、「銃砲隊による銃殺」という判決を聞いたとき、世界は真っ暗になった。こんなに短い人生を終えることが悲しかった。銃砲隊の前で死ぬことは恐ろしかった。しかし、ぼくは自分の運命を受け入れようと努力した。そうすれば絶望感に溺れないですむかもしれない。

三週間後、再び法廷に呼び出されました。どういうわけか、ぼくの判決は「二〇年の重労働」に減刑されたのです。八人の死刑囚のうち、ぼくともう一人だけの刑が軽くなったのでした。理由はだれからも聞かされませんでした。

ぼくたち二名はジャワの刑務所に移されることになりました。出発前に、あとに残る受刑者たちに会って、別れを言いたかった。看守と長い談判のすえに、房の鉄格子をとおして一人ずつと会うことを許された。みな、ひげが伸び、青白くやつれていた。みんなから家族への遺言を託されました。「飯田、ぼくのことを恥じるな、と家内に言ってくれ。ぼくは天皇のために善戦したのだと」「ぼくは安らかに逝ったと父と母に伝えてくれ」「まり子に『愛していた』と伝えてくれ」――涙が溢れて、声にならない応対をしました。握手はできなかったけれど、金網の隙間に指を差し入れ、一人ひとりと指をからませました。

ぼくが会ってから二、三カ月して、彼らは銃砲隊の前に一人ずつ立って死んだそうです。

ジャワの刑務所では人間らしく扱われました。ここには拷問はなかった。食べ物は大したことはなかったが、日本の新聞も本もたくさんあって、むさぼるように読みました。ほとんどが日本人の収監者で、彼らとは自由に話せたし、以前に大使館員だった人からフランス語を、スマトラの行政長官だった人からは英語を習いました。元政府の高官は民法と刑法について一連の講義をしてくれました。毎晩、天井からぶら下がる暗い裸電球の下で遅くまで、哲学や歴史を勉強しました。六年ぶりに故国からの手紙も来るようになりました。

巣鴨プリズンへ

インドネシアが独立国となると、オランダ軍はジャワを去りました。オランダの司法権のもとにあった戦犯たちは、米軍が管理していた東京の巣鴨プリズンに移ることになりました。

一九五〇年一月、故国を去って七年目に、他の七〇〇人の戦犯たちとともに日本へ帰りました。故郷に錦を飾る栄光はどうなったのか？　真っ盛りだったはずのぼくの青春はどこに置き去ってきたのか？　この貴重な年月のすべてをぼくは国にささげ、栄光のない戦争を戦い、敗者、しかも戦犯として帰ってきたのです。

それは冷たい、灰色の日でした。船が着くとすぐ、ぼくたちは埠頭で待っていた米軍トラックにひっぱり込まれました。熱帯地域用のよれよれのシャツ姿の戦犯を満載した数十台のトラックが、泣き叫ぶようなサイレンとともに街路を通過すると、人々は軽べつの眼差しでぼくたちを見つめ、まるで見てはならないものを見たように、素早く目をそらしました――過去の悪夢をみたように。

元気のない彼らの顔をみながら、涙がぼくの頬を止めどなく伝った。通りには覚えている綺麗な家々のかわりに、マッチ箱のような掘立小屋が建っていた。これが七年のあいだ夢に見た故国か？この廃墟が、天皇に青春をささげたぼくへの報いなのか？

そして天皇はどうなのか？　戦後、彼は自分はただの人間であると告白した。それでは、彼のことを現人神と信じて死んだ兵士のすべてはどうなってしまうのか？　天皇自身は極度に好戦的ではなかったとしても、戦争を開始したのは彼ではなかったのか？　彼の名のもとに多くの生命が奪われ、ごみのように捨てられた。しかも彼は戦犯として裁かれることはなかった。彼は自分のために死んだ者たちを気の毒に思っただろうか？　もしそうなら、彼はなぜ一言、そう言わなかったのか？

　巣鴨プリズンでの扱いは良かった。勉強し、読書する時間がたっぷりあった。戦前、ぼくが受けた唯一の教育は、戦争と帝国主義についてだった。一五〇〇人の収監者のなかには、大勢の教授や教師たちがいた。ぼくたちはクラスを組織して、彼らから、科学、哲学、歴史そして経済を学んだ。ぼくは喜んで本の世界に没頭しました。

　ぼくはまた、外の世界との交流もできたのです。両親は長男が刑務所にいることを恥とはしない、または少なくともしないふりをしてくれた。父の体調はよくなかった。そして何年たっても、母との関係も良くなってはいなかったのです。「お前のお母さんはケチだ」「彼女があんまりむごいので、ぼくは死んだ方がましだ」。母も負けずに、「お父さんには我慢がなりません。あの人は甘やかされたガキなのです」。でも二人のけなし方は以前ほど凄まじくないようでした。お互いへの熱情的な憎悪は燃え尽きかけていました。

　一九五〇年六月、朝鮮戦争が勃発しました。マッカーサー元帥は日本もこの戦争に協力ができるようにと、警察予備隊の設置を政府に命じました。旧軍の高級将校たちはすでに階級章を剥奪されていたのに、予備隊へのアドバイスをするよう呼び戻されました。彼らのうちには何百万という兵士を死にいたらせた作戦の幕僚たちも含まれていた。彼らの多くはあの戦争から自由の身のまま歩き去り、裁判にかけられることもなかったのです。

　収監されていたぼくたちは憤激しました。神の名のもとに日本軍を裁いたアメリカ軍が、戦犯たちを罰するかわりに、自分の戦争に彼らを利用するとはなんということなのか？　そしてアメリカ人を緑色の目の怪物と呼んでいた元将校たちが、今は彼らのまわりで、まるで犬のようにしっぽを振るのはどういうわけか？　無名の兵士のぼくたちが、国の犯した罪の償いをしているというのに、なぜこれらの大罪人たちは元軍人の肩書を利用し、新憲法の戦争放棄条項などは存在しなかったかのごとく、再軍備の準備をしているのか？

東京裁判がどのように裁かれたかをご存知でしょうか。連合軍の主要な国々の代表者たちが判事を務めました。朝鮮と台湾は日本の植民地でしたが、彼らは参加を求められなかった。シンガポール、マレーシア、インドネシア、ビルマそしてインドシナといった日本の侵略によって苦難を強いられた他のアジア諸国も、判事を送るように頼まれたことはなかった。

その一方で、海外の連合軍管轄地域の法廷において五七〇〇人の人員がBC級戦犯として起訴され、そのうち、九二〇人が処刑され、約三五〇〇人が有期刑を宣告されました。その多くがぼくのように、巣鴨プリズンに送られて刑期を務めました。

この裁判は勝者によって裁かれました。勝利者たち自身の戦争犯罪が法廷に持ち出されることはありませんでした。しかし、ジョン・ダワー著『人種偏見―太平洋戦争に見る日米摩擦の底流』（斎藤元一訳、TBSブリタニカ、一九八七年）をお読みになったでしょうか。彼は米兵たちが犯した残虐行為について書いていています。彼らの暴力はしばしば人種的憎悪に誘発されたものだと彼は論じます。アメリカの歴史家であるダワーが、これほど公正な心の持ち主であることにぼくは感銘を受けました。このような本が読まれ、この本にピューリッツアー賞を与えたアメリカ人にぼくは敬意を払います。そこには希望があります。

巣鴨プリズン内で、ぼくたちは反戦グループを結成しました。新聞に、警察予備隊新設に対する抗議の手紙を書きました。反戦を叫び、恒久平和を訴えました。ぼくたちのこの抗議は世の注目を集めました。そのときまで極悪罪人として忌み嫌われていたぼくらは、突然、人々の目に「戦争の犠牲者」と映ったのです。牢獄に芸能人たちが来て、踊りや演劇をするようになりました。

出獄

国は敗戦から立ち直りつつあった。人々はいまや「戦後は終わった」と言って、あの戦争は歴史として忘れようと考えたのです。巣鴨プリズンの囚人たちを解放することで、戦争の記憶に終止符を打とうとしたのでしょう。

一九五二年、サンフランシスコ平和条約締結のあと、アメリカ軍は巣鴨プリズンを日本政府の管理下に移しました。世論の感情を危惧して、政府はこの牢獄の運営方法を変え、巣鴨プリズンは結果として三食つきのホテルになったのです。外へ出て仕事を得ることも許されました。

一九五六年、ぼくは出所を許されました。巣鴨プリズンに慰問にきていたモダンダンサーのみつ子と結婚しました。ぼくは生計を立てるため一心に働きました。住宅建設会社、大企業、ホテルなどに下水設備を販売するビジネスを始めました。商売に向いた頭脳のおかげでうまくいきました。可愛い、聡明な娘が生まれ、みつ子とぼくはついに普通の幸せな人生を得たように思われました。

しかしながら新たな悲劇が降りかかりました。ぼくにとって、それは自身の死刑宣告よりさらに辛かった経験でした。それは二〇世紀が直面したもう一つの人為的な悲劇だったのです。

一九六〇年に生まれた息子は、恐ろしく変形した子どもでした。両腕が曲がって正常な長さの半分しかなく、手首は両方とも内側にねじれて両手には四本の曲がった指があり、親指は欠落していました。ぼくは暗い絶望に投げ込まれました。彼にはどんな人生が待っているのか。ぼくたちは彼に伸一と名をつけました。「伸」とは「伸びる」という意味です。成長とともに彼の両腕が長くまっすぐに伸びるようにと願った名前です。毎日、何十回も彼の両腕のマッサージをしました。

医師たちのだれもこのような変形を見たことはなく、その原因を知る人もいませんでした。考えられる唯一の可能性は、みつ子が長崎で被爆していたことでした。しかし、同じような症例はなかったのです。

あるとき、新聞が、西ドイツにいる同様の問題を抱えた赤ちゃんたちのことを報道したのです。ハンブルグ大学のレンツ博士（小児科医でもある）によると、この赤ちゃんたちの母親は妊娠期にサリドマイド系睡眠薬を服用していました。この錠剤は日本では、ある製薬会社によって異なる名前で販売されており、みつ子はそれを服用していました。

彼の変形症状にもかかわらず、あるいは、そのゆえにこそ、伸一はぼくたちにとってこのうえなく愛らしく、美しい子どもでした。彼の幸せのためなら何でもするつもりでした。約三百人の日本のサリドマイド・ベイビーのために、ぼくは「親たちの会」を立ち上げ、製薬会社に対して集団訴訟を起こし、障がいを持つ子どもたちのための学校、医療施設の設立を政府と交渉しました。日本はそれまで身体障がい者の看護を無視していたので、ぼくたちの活動は、弱い者の存在を世に知らせ、彼らが尊厳を持って生きるための助けとなり、福祉制度を促進したと言われます。

伸一はハンディキャップを克服してでも、世に成功しようとするタイプの子どもではありませんでした。それは荷の重すぎることでした。彼は学校が嫌いでした。成長するにつれ、彼が愛した唯一のことはリュックを背中にしょって自然を歩く、トレッキングでした。このような旅では良い友人ができました。知り合うとみんなが、彼を愛してくれました。

伸一が生まれるまえ、みつ子は流産をして、そのときの輸血によってC型肝炎にかかっていました。それで彼女は肝臓がんで亡くなったのです。伸一が三四歳のときでしたが、母の死を深く悲しみ、その喪失から二度と立ち直れませんでした。

伸一は、友達の一人に、自分もC型肝炎にかかっている、と打ち明けたそうです。懐妊中に母親から感染したのでしょう、薬物の二重の犠牲者だったのです。しかし彼は自分の病気のことを、父にも、医師になった姉にも話してくれなかった。彼は短期間結婚し、その結婚が破局に終わったときから大量の酒を飲むようになって、四二歳で亡くなりました。

ぼくは伸一を目の中に入れても痛くないほど愛していて、彼の幸せのためなら何でもしてきました。でもその努力は無に帰しました。ぼくは父としては失敗でした。「伸一、なぜ死んだんだ？教えてくれ。ぼくは父として何か悪いことでもしたのか？」と問い続けました。

彼より一〇歳年下の女性の友人がぼくに長い手紙をくれました。「飯田さま、貴方は何も悪いことはしておられないことを、私はよく知っております。彼の若死には運命だったのです。どうぞゆるしてあげてください」。

ぼくは若い建築家に、チベットで子どもの遊園地をデザインしてくれるよう頼みました。そこは伸一がトレッキングに行くのが大好きだったところです。木材とタイヤを使って、地元の人たちが建設を手伝いました。ぼくが訪ねたとき、大勢の人たちが歓迎してくれました。その片隅にぼくはステンレス・スチールの銘板を置きました。その上にはこう刻んでおきました。

《多くの人から愛された飯田伸一　ここに眠る》

息子が亡くなってから長い年月が経ちました。徐々にぼくは彼の死を受け入れました。毎朝、コーヒーを入れると、ぼくは本棚にある彼の写真の前に小さなカップを置きます。それから彼の隣の写真を見て、戦争で死んだ二人の若い友人たちに語りかけます。何か問題を抱えているときはいつでも彼らに問いかけます。どうしたらいいだろう？――彼らはぼくのこころの内にいる神々であり、ぼくの良心なのです。

自分は息子や友人の代わりに生かされているのだから、彼らのために、ぼくは何か意味があることをしたいと思うのです。ぼくはまちがった目標をめざし、まちがった戦争に自分の青春を無駄にした。命がつきる最期の日まで、自分の冒した過ちを繰り返すな、とぼくは人々に語り続けます。

※筆者注―飯田さんの許可を得て、次の彼の著書を参照して、取材内容の補足・確認を行いました。

『終りなき戦後―ニューギニア戦鎮魂賦　埋もれた記録への旅』（旺史社、一九八七年）
『青い鳥はいなかった―薬害をめぐる一人の親のモノローグ』（不二出版、二〇〇三年）
『地獄の日本兵―ニューギニア戦線の真相』（新潮新書、二〇〇八年）
『魂鎮への道―ＢＣ級戦犯が問い続ける戦争』（岩波現代文庫、二〇〇九年）
『昭和の闇を生きて―ＢＣ級戦犯最後の生き証人』（不二出版、二〇一三年）

5　民間人虐殺事件に加担した罪を背負って

――熊井敏美《くまいとしみ》

熊井さんにお会いしたのは池袋のサンシャインビルだった。彼はこのビルの前身だった巣鴨プリズンに戦犯として八年を過ごされた。二五年の刑を受けていたが、米軍管轄下にあったこの刑務所が一九五二年の平和条約の発効で日本政府に移管されてから二年目に、恩赦によって釈放されたのだ。「だからここはぼくの古巣なんですよ」と言いながら、彼は太陽がさんさんと降る円形の六〇階を窓伝いに案内してくださる。九四歳で、杖をつきながらも足元は達者だ。

「ここで過ごした年月のことは考えるのもいやだけれどね、そのあとこの近くに職を得たので、この地域はぼくのなわばりになったのですよ」とおっしゃる。

お茶を飲みながら、すぐに戦争の話になる。彼は歴史の宝庫で、驚くほど豊富な史実を目の前に繰り出す。

「知ってますか？　フィリピンは太平洋戦争の最大激戦地でね、日本人五〇万人、フィリピン人

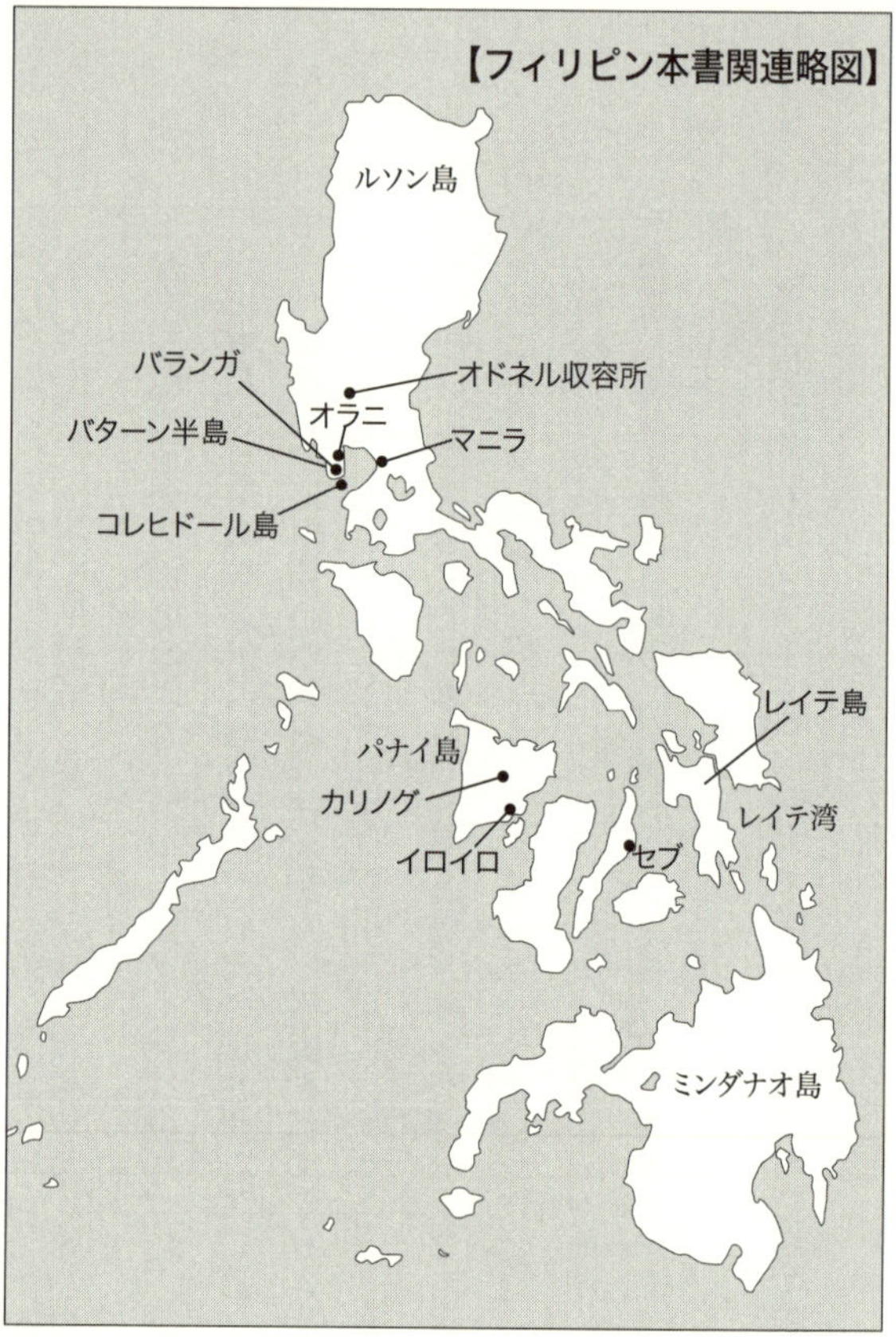

一〇〇万人が死んだと言われる。ぼくはバターン半島の戦いにも『死の行進』にも居合わせたし、そのあとパナイでは抗日ゲリラと泥沼の死闘を繰り返したのです」

「一九四二年二月、新米少尉として、軍の飛行場にいたとき、母が亡くなったという電報を受けた。いったん八幡の故郷（福岡県北九州市）に帰って、変わり果てた母と対面してから、すぐさま軍務に帰ったが、しょんぼりと道に立った父親の姿が心に焼きついてね。それ以来まる一二年、故郷に帰れないことになるとは夢にも思わなかった」

フィリピンは一八九八年以来、アメリカの植民地であった。日本軍は真珠湾攻撃の八時間後にフィリピンの攻略を計り、陸海軍航空隊の攻撃でアメリカの在フィリピン空軍をほぼ全滅させた。

熊井敏美さん（1917-）
福岡県の生まれ。1942年、フィリピンに派遣され、バターン半島攻略戦に参加。その後、抗日ゲリラの攻撃が最も激しかったパナイ島に送られ、守備隊本部付将校、部隊副官として、対ゲリラ作戦、戦闘指揮にあたった。戦後、戦犯として重労働25年の判決を受けた。54年出所。

その直後、非武装都市宣言がなされていたマニラを占領したので、マッカーサー大将以下の米比軍はバターン半島に退却。日本軍の治安警察部隊・第六五旅団の約七〇〇〇人の部隊がその追撃にあたった。日本では大勝利というニュースばかりが伝わっていたが、第六五旅団は山岳とジャングルの中で猛反撃を受け、その三分の二の兵士を失った。そこで大本営と南方軍はフィリピンの戦力を大幅に強化し、熊井さんが属した福岡連隊は、その戦力増強の一環としてフィリピンへの派遣命令を受けた。

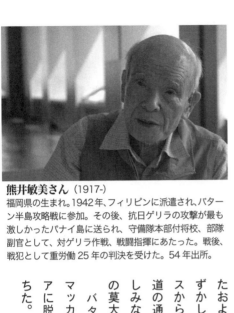

一九四二年四月、日本軍の強力な巻き返しで米比軍は投降したが、日本軍は将兵及び市民を含めたおよそ一〇万人の捕虜の処置に戸惑い、与えられる食糧がわずかしかないのに、彼らをバターン半島のつけ根のマリヴェレスから約一二〇キロ北方のオドネル収容所まで移動させた。鉄道の通らない約六〇キロの道のりを、炎天下、飢えと疲労に苦しみながら歩かされたこの行進は、米比軍とフィリピンの市民の莫大な死者を出し、「バターン死の行進」と呼ばれる。

バターン半島の南端のコレヒドール島に立てこもっていたマッカーサーは、「I shall return」と言い残してオーストラリアに脱出、米比軍は降服してフィリピン全域が日本軍の手に落ちた。しかし各地でフィリピン人の抗日ゲリラによる抵抗が激しく、熊井さんはパナイ島でゲリラとの死闘を繰り返した。一九四四年一〇月、米軍はレイテ湾に侵入し、日本軍はレイテ沖海戦でも、地上決戦でも惨敗した。フィリピンは一九四六年に独立した。

マッカーサーの軍を追撃

マニラに着いたときは、青や赤の屋根が美しい豪華な建物が並び、聞きしに勝るすばらしい異国の都と目を見はったのだが、次の日にはおんぼろのトラックでバターン半島の戦場に送られた。大部分が山とジャングルに覆われた半島でね、部落も民家も破壊された焼け野原を通って、多くの同僚たちが相次いで撃たれ死んだという標高一〇〇〇メートルのナチブ山脈に入った。敵に気づかれないように明かりを消して、トラックは苦しげにガタンゴトンと左右に揺れつづけた。止まったところが真っ暗闇の森の中の洞窟で、それが何と連隊本部。穴の中で連隊長以下の面々に迎えられた。

短い夜が明けて壕の外に出ると、灌木のジャングルの朝は太陽がすでに照りつけていた。はるかに鈍い発射音がしたかと思うと、悪魔が人を噛み殺すような炸裂音が耳をつんざいて、近くにグワーンと砲弾が落下。慌てて壕内に入り、地面に伏せて数時間。こうした敵の砲撃が毎日続いた。こちらが一発でも撃とうものなら、数十倍のお返しが来る。

敵をまぎらすために陣地の移動を繰り返すのだが、既設の道はどんな小道でも敵が待ち構えているから、磁石に頼って未開の密林を切り分けて歩く。竹やとげやつげが鉄条網のように張り巡らしていて、虎もライオンも、ターザンでさえも挑戦できそうにないジャングルだ。二五キロの機関銃と三〇キロの三脚架を肩に担いでいるし、そのうえマラリアに罹ってふらふらして、あれは今から考えても最悪の戦場だった。わが機関銃小隊には敵弾だけじゃなく、事故やマラリアやアメーバ赤痢で死者が続出した。部下が死ぬと意気が消沈しましたね。

大本営と南方軍は先のバターン攻略戦の失敗を奪回しようと懸命になっていて、新たな総攻撃を計画して、戦力を大急ぎで強化した。砲兵部隊が続々と送られて来て、重爆撃を中心とした航空隊も配属された。四五〇〇名の歩兵部隊も到着した。ときは一九四二年四月三日、大集中攻撃が始まった。

幸いわれわれは予備隊に回され、前田中隊長とともに近くの裏山に登ってナチブ山系の敵陣全貌を眼前に見ていた。午前九時、各種大砲が殷々たる砲声を響かせて炸裂し、爆発音が山々にこだました。砂塵が数十メートルも舞い上がり、空全体が灰色になった。

その後の一週間、わが小隊も泥沼の戦いに巻き込まれ、砲弾が左右に散る中を走り、敵軍の声が聞こえる近距離で撃ち合い、死体の山を越えて命がけで戦う毎日だった。総攻撃当初、四〇名だったわが小隊は一五、六名になった。ぼく自身、マラリアで隔日に熱に襲われ、銃身の重さが肩に食い込み、熱にふらつきながら、脳裏を覆うものは小隊長としての責任だった。今や機関銃小隊が、機関銃を撃つどころか、それを運ぶことすら難しい。ここに及んでは小隊長は死んで詫びるほかはない、という考えが頭にちらつき、軍刀をさすっては切腹のことを考えていた。

夜間、ふらつきながらも前進を続けていると、後方の闇の中から、「敵が降服を申し出たというニュースがありますが、それにしては反応がありませんね」という声が聞こえた。その言葉が噂にすぎないとしても、急に元気が出た。それもつかの間、再びけたたましい機関銃の急射撃、敵がこちらに接近していることを思わせた。射撃が止むと、また暗夜の前進を続けた。

午前一時頃だったか、重い足を引きずりながら森閑とした坂道にかかったところ、突如三、四〇〇メートル先がぱっと明るくなり、周囲の木々が照らしだされた。大隊長の命令で尖兵隊が偵察に出たが、まもなく彼が転ぶようにして帰ってきて、「坂を越えた盆地で数百名の兵士がかがり火を焚いて集まっています」と報告。大隊長は事態を知っていたのか、ぼくと小隊員を引き連れて、かがり火の方向に向かった。大隊長の身辺警護のため、先頭の兵士に軍使の印の白旗を掲げさせて、われわれが坂を登りつめて行くと、いるわ、いるわ、まさしく数百名の敵が輪をなして屈みこんでいた。われわれが輪の中央に進むと、フィリピン人の大男を中心に、五、六名の兵が立っていた。

通訳を通して、「米極東軍の命令で、バターン半島米比軍は全面降服をしました」という言葉を聞いたとき、体がすうっと軽くなった。「助かった。助かった」と跳び上がって、歌を歌いそうだった。

大隊長が「お前たちの降服を認める。この由貴下《よしきか》の全将兵に伝えよ。お前たちは日本軍の命令に従え。そうすれば、生命は保証されるとみなに伝えろ」と居丈高に語ると、あたりにざわめきが起こり、戦いは終わった、という開放感で安堵の声が湧き上がった。「ジャパン、バンザイ」と米兵が頓狂な声を挙げ、一同の笑い声が続いた。それから十数人のフィリピン兵がわれわれの周りに集まってきて、「オフィサ、オフィサ」と笑顔で語りかけてきた。ぼくが、自分の腕を挙げてみせながら、「君たちとおれたちは皮膚の色が同じだから、フレンドだよなあ」とおぼつかぬ英語で言ったら、兵隊たちの間にどっと歓声が上がり、その顔にはうれしさいっぱいの表情がみちあふれた。みんな善良そうな同年輩の若者たちばかりだ。こんないいやつらとどうして撃ちあい、殺しあいをやってきたのだろう、と不思議に思えてならなかった。この感激の一瞬は戦争に勝った者のみが知る喜びだったのだろうが、残念ながら再び経験することのなかった無邪気な歓喜だったのだ。

それから夜明けまで歩き、サイサイン岬という半島の西海岸に着くと、数百人のフィリピン兵や住人たちがわれわれを迎えてくれた。しかしバターン戦中、あめ玉以外はたくわん一切れを拾って食べただけのぼくは、ぐったり倒れて動けなかった。見ると、なんとあとからあとからフィリピン兵たちが黒山のようにトラックに詰められて送られて来た。彼らも何も食べていなかったのか、トラックの中から、米びつ一杯の飯が投げ出されると、数十人の兵たちがラグビーのタックルでもするごとく殺気立って殺到した。中には米びつに手を差し入れたまま、倒れてしまう者もいた。

バターン死の行進

正午ごろ、「ただちにバランガに向けて出発すべし」という命令が出た。大隊全員は付近に散乱する米比軍の車に乗って、朝来た同じ道を引き返した。沿道には捕虜が黒山の群れをなして歩いていた。司令部の命令で、バランガ南方に集結した捕虜の大群をバターン半島の入り口のオラニまで護送することになった。どこにこんなにいたのかと驚くほどの捕虜と避難民の大群が道を塞いでいた。わが中隊の約半数がマラリアに罹っていたが、捕虜約千人のグループごとに、一五、六人の兵隊が二〇キロ先の中継所までの道のりを護送した。護送要領によれば、捕虜の食事は「おかゆ一杯十〇〇」ということで、〇〇とはなきに等しいものにちがいないから、これでは遠距離を歩く捕虜たちはたまらんだろうと驚いたが、しかしわれわれもコメ以外食糧らしきものをもらってはいなかった。

ときが経つにつれ、空腹と熱気と疲労と病で、頭を下げて息も絶え絶えに歩く者が増していった。そんな中でひときわ印象に残ったのは、米軍将校の一団で、彼らにはさすがに品位があった。りっぱな軍服を着て、「ハロー」と手を振りながら、堂々と歩いていった。しかし他の者は砂ぼこりにまみれた幽霊のようで、その行列は延々と果てしなく続いた。路上には行き倒れになった捕虜の死体が放置されていた。日本軍に射殺された者もいた。その死体の上を、日本兵が乗った車や戦車の車輪が容赦なく走った。死体がせんべいのようになっても、だれも片付けようとする者もいなかった。日本軍の人数が足りなかったわけではない。彼らは次に行われるコレヒドール総攻撃の準備に忙しかったのだ。飢えと疲労が重なった人たちにとって炎天下の行軍は拷問だった。まさにひどいことをしたものだ。

この捕虜警備の最中にわが中隊は北部ルソンの戡定《かんてい》作戦（筆者注──「戡定」とは、敵を征伐して、乱を平定すること）を命じられて、バターンを去ることになった。捕虜の世話をする者が絶対的に不足しているのに、ますますそれを減らす決定をしたのは人道を無視したことで、世界に非難されてもしかたがない。でもマラリアでふらふらだったので、ほんとうのところ、この移動はうれしかった。

ここまで語ってから、熊井さんは「もう疲れた」と言って立ち上がられた。お礼を言ってお別れを告げたとき、彼は「ルソンのあとにパナイ島に送られてね。パナイはゲリラの抵抗が一番激しかったところで、そこでの死闘のために巣鴨プリズンに入れられたのですよ。命令に従って忠実に戦って罰せられ、戦犯になったことは、長い間納得がいかなかったが……。ぼくの本を読んで、書いてくださいよ」と言われた。

抗日ゲリラ掃討作戦

この記録は熊井さんの著書、『フィリピンの血と泥――太平洋戦争最悪のゲリラ戦』（時事通信社、一九七七年）に基づいて記述した。彼の著書は実戦の経験を元に書かれたのだが、歴史書としても貴重な本である。彼は将校として戦闘指揮にあたっていて、戦況と作戦内容を熟知していた。

熊井さんは一九四二年一〇月に、独立歩兵第一四二連隊（後の一七〇連隊）の戸塚部隊に転属になってパナイに着いた。抗日ゲリラは日本軍占領に激しく抵抗していた。マッカーサー司令部は彼らを助けて、兵器弾薬などを潜水艦で送っていたから、れっきとした連合軍将兵だった。

船がイロイロ市の港に近づいたとき、ココナツの木が並んだその島は熱帯の楽園を思わせた。「パナイ」とは食糧が豊かという意味で、イロイロ市は砂糖キビの集積地として栄えていたそうだが、熊井さんが見た町は焼けただれた廃墟で、数カ月前からの日本軍との戦いの激しさを思わせた。

パナイについて初めて見せつけられたのは、憲兵隊によるゲリラ容疑者の尋問だった。憲兵が殴ったり蹴ったりのあと、容疑者の口にバケツで水をこれでもか、これでもかと流し込み、男の腹がみるみる膨れ上がった。苦しみ悶えて水を吐き出し続けてもやめない。熊井さんたちは「やめろ！　やめろ！」と叫んだ。

翌日、中隊長が呼び出され、作戦情報主任の渡辺堅吾大尉に「憲兵隊の情報収集を妨害するとはなにごとだ」と怒鳴られた。彼は残酷なことで有名だった。

一九四三年六月、マニラに就任したての第一四方面軍の田中司令官がパナイの視察に来ることになり、大慌てで町中から高級車を集めて万端の用意をした。ハニワイ地区の警備隊長だった熊井さんは周りの警戒を厳重にし、兵士たちと道路上に整列して軍司令官を待った。殺風景な風景の中を高級車の列がやってきた。軍司令官に捧げ銃をすると、「お前が警備隊長か。ご苦労」と鼻ひげの将軍から声をかけられた。車の列が予定どおり去って一息ついたが、一行が急な坂のカーブを曲がったとき、待ち伏せていたゲリラが射撃をしてきて田中中将の車に弾が数発命中した。司令官は一命を取りとめ、車の下から這い出てきたものの、この事件は司令部の参謀たちを怒らせ、「パナイのゲリラを徹底的にたたけ」という方針が決められた。それゆえ熊井さんの部隊は、半年にわたる連続討伐という過酷な戦いを強いられることになった。

討伐隊はイロイロ市に本部を置き、戸塚部隊長以下、本部中隊八〇人、熊井さんは本部小隊長だった。渡辺堅吾大尉は勇猛なことで渡辺英海参謀（二人は親戚関係なし）に気に入られ、彼が事実上の指揮をしたから、残酷な討伐となった。一九四三年七月七日に開始、九月七日から一二月三一日まで多方面にわたるゲリラ討伐を行った。ゲリラと住民の区別はつかないから、住民を無差別に殺した。まず住民の首を切り、残った住民に道案内をさせ、行く先々で殺人を繰り返し、兵器を奪った。兵士たちは彼らをまるで鶏か豚を料理するように殺した。食物の強奪、強姦、殺戮がすべて正義のために行われた。ゲリラの報復と憎悪は激しくなる一方で、大東亜共栄圏の謳い文句は忘れ去られて、パナイは人殺しの島と化していた。その最後にホープベールの虐殺事件が起きた。

ホープベール（希望の谷）の虐殺事件

一九四三年一二月中旬、熊井小隊はアクラン川で、アメリカ人らしき男に出くわした。はだしで足をひきずっていた。渡辺大尉に尋問を受けた男は、「自分の名はキング。ゲリラ将校だったが、日本軍の討伐作戦で部隊は散りぢりとなり、一人取り残されたのだ」と答えた。大尉がさらに脅すと、彼は「大勢のアメリカ人がカリノグの北、三キロのカパスに隠れている」と告げた。

渡辺大尉は本部中隊全員をその地に急行させた。アメリカ人たちに逃げる余裕はなかった。中隊は十数人のアメリカ人を連行して帰ってきた。五〇歳ぐらいの夫婦や、一二、三歳ぐらいの子どものいる一家もいた。これらのアメリカ人の取調べでさらに奥の部落にもアメリカ人が隠れていることがわかった。その捜索に熊井小隊が出動することを命ぜられた。

スコット・ウォーカーの『The Edge of Terror（恐怖の刃）』（Thomas Dunne Books, St. Martin's Press, N.Y. 2009）という本に、このアメリカ人たちの話が書かれている。ほとんどが戦前に米国からやってきた宣教師で、フィリピンの人々のために生涯をささげてきた人たちだ。宣教師のフレデリック・マイヤーは医者でもあり、一九一九年に妻ルースとパナイに来て、海沿いの小都市に診療所を開いた。あちこちの島から患者が詰めかけてきて、それはやがて大きな病院となった。ドクター・マイヤーは看護学校も建て、何百人もの地元のナースを養成した。日曜にはバプティスト教会で説教者として立った。妻のルースは歌手で、教会の内外で歌った。夫妻には三人の息子がいた。

マイヤー家の多忙ながらも平和な生活は、太平洋戦争の勃発によって突然終わりをつげた。日本軍による統治のもとでアメリカ人は獲物として付け狙われた。一九四一年のクリスマス、日本軍がフィリピンを襲って二週間も経たないうちに、マイヤー博士は「病院を捨て、奥地に逃げるべし」という命令を米比軍司令部から受けた。彼らはいったん軍の病院のある地に移ったが、再度の命令で、マイヤー家、看護師長、数人のナースたちは二台のトラックで南へ急いだ。日本軍による空からの追跡をまいて、どうやらカリノグの町へ逃げることができた。デルフィン・ディアナラというバプティスト派の牧師が住処を提供してくれたが、その地域は安全ではなく、日本軍の飛行機がしばしば低空を飛び交った。ディアナラ師は難民たちをさらに奥地の渓谷の植物がうっそうと生い茂る一帯へと案内した。宣教師たちはその地を「ホープベール（希望の谷）」と名づけ、しばらくはテントに住んだ。ディアナラ師と腹心のリオが食物を運んでくれた。やがて地元の大工にニッパ椰子と草ぶきの小屋を建ててもらって、葉影に覆われた一一軒の隠れ家ができた。

一九四二年六月、日本軍の飛行機がパナイ上空を縦横に飛び、「アメリカ人は四カ月以内に日本軍に降伏せよ」というチラシをまいた。「それ以後に発見されたアメリカ人は処刑されることを覚悟されたい」という威嚇の文句も書き足してあった。宣教師たちはこの最後通牒について会議を開いたが、それでも降伏をしないでこの地に留まることに決めた。

ホープベールには、アメリカ人鉱山技師の数家族も逃れてきていた。世界恐慌の時期に、フィリピンへ金の採掘にやってきた人たちだった。宣教師たちとは違って、彼らは安全な地に逃げることに決めた。彼らのひとり、クロード・ファーティグはパナイ・ゲリラの指導者であるピラルタ中佐の配下にいた。彼は、オーストラリアにいるマッカーサー将軍から、米潜水艦との待ち合わせ場所の開設と、さらにマッカーサー将軍とピラルタ中佐のあいだの連絡のための無線基地建設を依頼されていた。クロードは技師仲間のスペンスと二人で、ともにパナイ北西部の一角へと難儀な山岳地帯を徒歩で越えて行った。

ほどなくカリノグは日本軍に占拠され、歩兵の前哨基地となった。いまやホープベールは日本軍基地から一日の行軍で到達できる距離となったのだ。クロードとスペンスはそこに残してきた妻のラヴァーンとルイーズを迎えに戻り、日本軍基地から遠く離れた地域にたどり着いた。しかし、ちょうどそこに落ち着いたところで、ラヴァーンは自分が懐妊していることに気がついた。ラヴァーンはドクター・メイヤーに診察してもらうと言って聞かなかった。やむなく四人はもと来た長い山道をたどって、再びホープベールに帰って行った。疲労困憊はしたものの、宣教師たちが暖かく歓迎してくれた。

一九四三年夏、渡辺大尉のゲリラ討伐特別隊、八〇〇人の兵士がホープベールの東に迫ってきた。スペンスはホープベールで会議を招集し、多人数が「希望の谷」の領域内に集中しているのはよくないと進言した。長い討論の結果、再び宣教師たちは、この地から移動するよりも、神の使命を帯びた家族として互いに助け合い、この地に残ろうと決めたのである。中には年齢や健康が理由で、動くことを躊躇した人たちもあったという。

技師家族の四人組は、ホープベールをあとにして、クロードとラヴァーンは二〇分ほど、スペンスとルイーズは四〇分ほど離れた場所に引っ越した。

一二月一七日、ホープベールの樹木のてっぺんすれすれに、偵察機が飛行した。これが前ぶれだった。翌朝、クロードは彼の司令所で仕事をしていた。スペンスが身支度をしていると、フィリピン人の助手が走りこんできた。「旦那、パナイ川のこちら側を日本軍がこの方角へ向かって走ってきます」。スペンスは望遠鏡を手に小屋を走り出て、家のわきの丘を駆け上がった。逃げるひまは数秒しかなかった。

スペンス、ルイーズ、そしてラヴァーンは小川の水の中を歩き、長い傾斜の丘の斜面を登った。下の谷を振り返ると、ドクター・マイヤーの小屋が炎に包まれているのが見えた。他の小屋も燃えていた。だが彼らは逃げるほかない。川床を伝い、山の背を這って、やっとクロードの司令所についたが、そこが安全なわけではない。クロードといっしょに、彼らは前進を続けた。

渡辺大尉の中隊が宣教師たちを駆り集め、日本軍の司令部に連れてきたときの話に戻ろう。捕えられたアメリカ人たちの中に、完ぺきな日本語を話すひとりの紳士がいた。彼は熊井さんに近づいて来て自己紹介をした。自分はコヴェル牧師で横浜の大学で教えていた、と話した。

ジェイムズ・コヴェル牧師とチャルマ夫人は一九二九年に日本に渡った宣教師だった。彼は横浜の関東学院大学で聖書と英語を教えていた。不本意ながらも軍部の言うままになる日本の教会にたいして彼が抗議をし始めると、コヴェル夫妻はフィリピンに送られたのだった。ホープベールへと逃避行をするまでは、イロイロ市の大学（現在のCentral Philippine University）で教えていた。

熊井さんはコヴェル師の流暢で威厳のある話しぶりに感動し、この物静かで勇気ある紳士に会えば渡辺大尉の冷たい心根も和らぎ、アメリカ人たちを親切に扱うであろうと期待して、牧師を渡辺大尉に紹介した。

熊井さんの小隊は、まだ捕まっていない鉱山技師、その妻及び友人夫婦の捜索の任務を与えられていた。コヴェル牧師と渡辺大尉の話し合いがうまくいって、アメリカ人全員がマニラの抑留所へ送られることを願いつつ、彼はその場を離れなければならなかった。

熊井小隊は、村人に道案内をさせて、闇の森林を這うように前進した。彼らは技師たちの隠れ家の小屋のドアを蹴ったり、叩いたりしたが、だれもいなかった。彼らはすでに逃げたに違いない。さらに数マイルを行ったが、熊井小隊はついに捜索を断念。深夜に司令部へ戻り、丸太んぼうのように眠った。

翌朝、熊井さんはアメリカ人たちを探した——キング氏、コヴェル牧師、そして他の宣教師たち、女性たちと子どもたち。だれもいない。兵のひとりに尋ねると、全員が処刑されたと言った。

「何だと!」。熊井さんもその部下たちも、憤激し、悲しんだ。「何で罪のない人たちと、子どもや家族まで殺したのか? みんな、あきらかに善良な人たちだったのに」。

渡辺大尉と戸塚部隊長は何も言わなかった。

その後、守備隊の副官に昇進した後、熊井さんはパナイ守備隊司令部の通信記録を調べて、いかにして宣教師たちの残酷な運命の決定がなされたかを知った。記録によれば、渡辺大尉の「輝かしい戦果」、つまり米人宣教師たちの捕獲についての報告は、まず野戦司令部から中継点であるセブに送られ、そこからマニラの第一四方面軍司令部に送られた。渡辺大尉の期待した称賛の代わりに、マニラからは、野戦司令部に対して厳しい叱責の言葉が送られた。西欧事情を知る第一四方面軍のトップは、宣教師たちの捕獲については、とんでもないことをした、という解釈がされたのでは、と熊井さんは現在、推測する。「現地において的確に迅速に処置し、付近の地元住民に何も気づかれぬようにせよ」という命令が来た。

「『処刑前に自分たちだけで祈るときを持ちたい』というアメリカ人たちの願いが許されて、彼らは最後の祈りを捧げ、午後三時、讃美歌を歌いながら集合場所へ戻ってきた」とスコット・ウォーカーは書く。

剣道の達人・大塚准尉と彼の弟子の鍬農曹長が、渡辺大尉の命令で処刑にあたっただろう、と熊井さんは推測する。彼らは音も立てず、一瞬のうちに斬首する技の持ち主だった。一軒の小屋が選ばれた。殉教者たちは一人ずつ呼び込まれ、瞬時に斬首された。遺体はすべて小屋ごと焼かれたのであろう。一九四三年一二月二〇日のことだった。

私（筆者）はこの物語を書いた著者、スコット・ウォーカー氏に手紙を書いた。彼は、「ワタナベは残虐行為に慣れた人間だったのでしょうが、ジェイムズ・コヴェル師が話に来たとき、心を動かされたようで、宣教師たちを殺すことを躊躇した。しかしマニラの本部に彼らのことを報告したとき、マニラからは、ワタナベが得意気に自分の手柄だと考えていたこのアメリカ人の逮捕に対して『厄介なことをした』と言わんばかりの対応をされた。本部の人間たちは、子どもたちの姿も見ず、コヴェル師の真剣な眼差しも見なかった。アメリカ人逮捕の報告は彼らには人間的な関係ではなく、統計でしかなかった。数字を殺すのは、人間を殺すことより易しい。これが戦争の危険さですね。戦争では人間が顔のない統計になります」と書いてこられた（筆者注―スコット・ウォーカーの筆者宛の手紙、二〇一四年六月五日）。

熊井さんはコヴェル師の深い、悲しみを湛えた眼差しが忘れられなかった。彼の目は、一縷の望みを込めて熊井さんを見つめていた。熊井さんは彼を裏切ったという気がしてならない。こんなに良い人たちに対して、いかに恐るべき不正が行われたか、日本の人たちに知らせなくてはと彼は思い続けてきた。


熊井小隊の追跡を逃れた鉱山技師たちは、クリスマスも正月も山中を歩き続けて日本軍から遠ざかった。ラヴァーンの赤ちゃんはもういつ生まれるかもしれなかった。クロードとスペンスは人目に着かない場所を見つけて地元の人と交渉し、急いで一部屋だけの仮小屋を建ててもらった。近くには澄んだ流れがあり、深い茂みに隠れたところだった。

ゲリラたちを援助していた民間人のテルウェル医師が赤子を取り上げるためにやってきた。出産はありがたいことに短時間で終わり、スーザン・ベアトリス・ファーティグが誕生した。彼女の元気な泣き声に、みなの顔がほころび、暗い部屋がぱっと明るくなった。

テルウェル医師が去ると、別のフィリピン人医師が連れてこられた。ルイーズが体調不良を訴えていたのだ。素早く診終わると彼は、「奥さんは妊娠しておられます」とスペンスに告げた。ファーティグ夫妻が九カ月耐え忍んだことを、今度はスペンス夫妻が経験する番だった。

一九四四年二月には、スペンスが建てた安全な場所のキャンプに移ったが、新しい家に到着したその日に、クロードはピラルタ中佐から良い知らせを受けた。ホープベール事件に激怒したマッカーサー将軍が、パナイ島のアメリカ人全員を潜水艦で救出することを決定したのだ。この連絡はクロードとスペンスが開設した通信手段によってなされた。

妊婦と新生児の母親と二人の男たちは、再び山道を歩き、高い峠を越えて、集合場所にたどり着き、三月二〇日、潜水艦「アングラー」に乗り込んだ。島を離れるときの四人の想いは、そこにいない宣教師たち、その他の友人たちのことだった。

オーストラリアのダーウィンに着いてすぐ、ルイーズは陸軍病院で男児を出産した。スペンス一家はその後米国へ帰った。クロード・ファーティグは戦争終結まで米陸軍で働いた。戦後、この二家族は別々の道をたどったが、彼らの友情は時空を超え、衰えることはなかった。

日本人の集団自決

討伐戦の後、熊井さんの小隊はイロイロ市に戻った。圧倒的な数のゲリラを相手に日本軍は苦戦したが、アメリカ軍がレイテに上陸して以来、パナイは戦略上重要な地点ではなくなっていたので、大本営から助けは来なかった。食糧難で兵も市民も栄養失調に苦しんだ。一九四五年三月一八日、爆音が港に鳴り響き、アメリカ軍がパナイに上陸した。七〇〇〇人の米兵、車や戦車の行進が大通りを埋めると、フィリピン人は小さな星条旗を振って歓迎した。

ゲリラと米兵に包囲され、日本軍は邦人の家族も引き連れて、かねてから決めてあった山間にあるポカレという村に「転進」することになった。昼はジャングルに隠れ、夜は磁石と南十字星を頼りに強行軍を続けたが、日本軍の動きが感知されると、集中砲火が浴びせられた。恐怖の日夜が続いて、邦人の老人、婦女子は性根が尽きた。兵隊たちの中には、幼児を背負ったり、家族の荷物を持ったりする者もいたが、殺気だって、「泣く子は殺してしまえ」と叫ぶ者もあった。

疲労と恐怖で足踏みが弱まった邦人を相手に、イロイロ学校の校長が言った。「これ以上兵隊さんたちにご迷惑をかけることはできない。ここで死にましょう」。本国から遠く離れたフィリピンでも、戦陣訓の教えが行き届いていたのだろうか、全員は「海行かば」を合唱し、皇居の方向に向かって頭を下げ、次々に拳銃や手榴弾で自決していった。死にきれずに苦しんでいる母親たちから乞われるままに、兵たちは自決に手を貸した。その折に亡くなった老人、婦女子の数は四〇人ぐらいと言われている。他の隊に追いついた兵たちが、邦人自決の状況を告げた。

ポカレはイナマン山の麓の盆地にあった。清流が流れ、階段式の水田と野菜畑がある豊かな土地だった。だがそこにも安寧はなく、容赦ない敵の攻撃に悩まされた。

天皇のラジオ放送で日本が降服した日、兵士たちの顔が輝いた。少なくとも、日々の弾丸と戦う

必要はなくなった。しかし熊井さんにとって戦争は終わっていなかった。

一九四五年九月一五日、熊井さんたち、戸塚部隊の幹部は米兵のトラックで、レイテ島のキャンプに連れられて行った。沿道の住人たちからトラックに目がけて、石や空き缶を狂気のように投げつけられた。四六年三月に、マニラ郊外の特別キャンプに移動。パナイ討伐作戦の容疑者一四人が起訴された。戸塚部隊長、大塚准尉などは死刑になった。渡辺大尉は討伐戦のあと、ネグロス島に移り、アメリカ軍の砲弾に当たって戦死していた。渡辺参謀など討伐戦の計画者が起訴を逃れたことが、熊井さんには納得ができなかった。

熊井さんの裁判は四六年七月四日、フィリピンがアメリカから独立した日に行われた。彼は三つの事件での罪状を問われたが、検察側証人も被告も不確かな証言をし、どこに真実があるのかわからない裁判だった。検事は死刑を要求したが、二五年の重労働の刑を得て、熊井さんは死を逃れた。巣鴨プリズンに八年半拘禁されたが、朝鮮戦争後の減刑によって、五四年二月に出所した。

熊井さんの「戦後」

熊井さんは、巣鴨プリズンから解放されると、陰惨なゲリラ戦と戦犯裁判のことなど忘れてしまおうと努力した。しかし一九七二年に邦人集団自決の遺族から、パナイに行って供養したいと切なる問い合わせを受けた。当時の部隊幹部として集団自決への責任を感じていたから、現地へ行って現場の捜索を始めた。

最初の訪問で、地元の人々、とくに元ゲリラの将校たちの尽力によって、集団自決の起きた場所が確定された。一九八〇年には、戦友たちとともに、この地点にマリア像の記念碑を建てることができた。合計六回パナイに行き、遺骨収集にも努め、二〇〇九年には、邦人慰霊碑をイロイロ市内の日系人会館内に新設した。またこのとき、同じ敷地に熊井さんが収集した資料を納めた戦争資料館もオープン。記念式典では、彼の著書『フィリピンの血と泥』の英訳書『Blood and Mud of the Philippines』も配布された（筆者注―伊吹由歌子さんが翻訳、フィリピン国立大学のマ・ルイザ・マブナイ、リカルド・トロタ・ホセ両教授が史実検証及び編集・脚注の助力をした）。

自決現場では、ゲリラ兵士や地元の村人たちが、日本人の子ども五人を助け、そのうち四人はイロイロ市で成長していたことが、熊井さんの訪問でわかったので、この子たちを育ててくれた人々を訪ねて感謝した。また日本国内でも調査をして、それによって得た情報で、彼らの親戚を探し出す手助けもした。


最近、熊井さんは、スーザン・ベアトリス・ファーティグさんとの交流を始めた。仲介者は伊吹由歌子さん。伊吹さんは、二〇〇三年に熊井さんに著者の翻訳許可を願い出て以来、友達になった。

「熊井さんは彼の小隊が追跡したあと、あのジャングルの中で赤ちゃんが誕生したとは夢にも思っていなかったので、追跡に失敗してよかったなあ、と大そう喜ばれました」と伊吹さんは語る。

スーザンは、互いに助け合って生きのびた彼女の両親とその友人夫婦との不屈の精神の勝利を示すシンボルだ。長じては多くの平和活動に参加し、「慰安婦」の国際会議のために日本に来たこともあった。

伊吹さんはアメリカ軍の元捕虜の会で、熊井さんが書いたメッセージをスーザンに渡した。スーザンは彼女の両親を捕えようとしていた男からの手紙を受け取るとき、少し胸が騒いだ。しかし、「もう六〇年も経ったのだから、彼と友達になってもいいと考えなおした。私は当事者ではないのですから、赦すか、赦さないかの問題ではないのです。両親は殺されなかったし、私は害を受けていないばかりか、私はその出来事について判定する立場にもいないのです。それは神様のなさることと、何か深い理由によって私を不幸な目に遭わせなかった神様のなさったことです」と彼女は書いている。

「スーザンの話をするといつも、熊井さんの目に涙が光ります」と伊吹さんは言われる。

6 シベリアに抑留された少年兵
――猪熊得郎《いのくまとくろう》

猪熊さんにお会いする予定日の一週間前に、奥様が長い闘病生活の末に亡くなられた。それで訪問をご遠慮したのだが、猪熊さんはぜひ来るようにと言ってくださった。「今だからこそ来てくださいよ。寂しさをまぎらせることができますから」。

電車を野比《のび》（神奈川県横須賀市）で降り、指示どおりバスに乗って降りると、人里離れた村に着いた。そこから急な坂を上り、雑草に埋もれた踏み石をたどった。家は丘の上にあるはずだった。途中ずっと人にも犬にも出会わなかった。家などの建て物もなかった。どの方向にも海は見えなかった。東京や横浜の近くに、こんな静かな場所があったのかと、嬉しかった。その一方で、こんな人気のない場所にお年寄りが丘を登り降りされるのは難儀なのではないかと、とりこし苦労をした。

丘の頂上には古い木造の家が建っていた。戸口に立つと、家の中から複数の猫の鳴き声が聞こえた。猪熊さんは猫が好きな方だと聞いていた。突然、引き戸が開き、りっぱな体格の男性が迎えてくださった。彼なら、坂道は軽々と登り降りできるだろう。心配は無用だった。伝統的な日本家屋。私たちは低い座卓を囲んで床に座った。どこを見ても猫がいる。みな同じような三毛猫で、何匹いるのかわからない。「四匹ですよ。可愛いでしょう?」。

猪熊さんは、一語一句をはきはきと、論理的に話される知的な方だった。一九二八年、東京で薬剤師の息子として生まれた。四男一女の末っ子だった。母は彼が学齢に達する前から病気で、六歳の頃に亡くなった。

猪熊得郎さん（1928-）
東京出身。1944年、戦況悪化による兵員補充のため、軍が14歳から18歳の少年兵を募集したとき、愛国心に燃えた15歳の猪熊さんは、父の反対を押しきって陸軍に入隊した。航空通信学校で、非人間的な訓練に疑問を抱いた。配属された水戸飛行場で米軍機の空襲を受け、11人の同期生を失って戦争の現実を学んだ。戦後シベリアに抑留され、厳寒の中で重労働と飢餓に耐え、日本人捕虜の民主化運動にかかわりあいながら生き延びたが、帰国した故国でも〝シベリア帰り〟として辛酸をなめた。

一五歳で軍に志願

父が独りで五人の子どもをどうやって育て上げたかわかりませんが、私はまあいい子で、学校の成績も良かった。一三歳のとき戦争が始まって、学校では「日本は天皇陛下のみ国ゆえに特別な国で、われわれの義務は、八紘一宇、大東亜共栄圏を創って西洋の脅威から守ることである」と毎日教えられました。

初戦の成功のあとに戦況が悪くなり、膨大な数の兵士が海、空、陸の戦場で失われていた。追い詰められた日本軍は、少年兵を採用し始めました。一九四四年のある日、先生が真剣な顔をして、「政府は、一四歳から一八歳までの少年兵を募集しています。もし君たちの中で、お国のために尽くしてくれる勇敢な生徒がいれば、応募してください。短期の訓練を与えられ、すぐ戦地に行かれます」と言われた。

私は一五歳でした。お国のためにつくしたいと即座に決心し、戦争に行くつもりだと父に告げました。父の顔が真っ青になった。「だめだ」、父の声は厳しかった。三人の兄はすでに兵隊にとられていた。父はせめて一番下の息子だけでも家にいてほしかったのでしょう。二人は夜も昼も議論した。私は四日間絶食し、絶対に決心を変えなかった。五日目に、「得郎、そんなに行きたいなら行け」と父はかすれ声で言いました。彼の顔は急にやつれて頬がくぼみ、両肩が落ちこんで、すっかり年を取ってみえました。「得郎、人生はたった一度しかないぞ。大事にしろ。死ぬなよ」。それだけ言って、顔を見せぬよう、父はくるりと後ろを向いてしまいました。それ以上何も言えなかったのでしょう。そのうえ何か言ったら、泣き出してしまったのでしょう。父は、私が一九四七年にシベリアから帰る前に亡くなりました。

この少年兵募集の企画には、四二万人の少年が志願したと言われます。各学校に割り当てたノルマを達成するために、男の子が多数いる家庭では、教師から半ば強制的に息子を志願させるように言われた場合もあったという。少年兵の数は、一〇万人の大学生の学徒隊の四倍だったのです。

陸海軍ともに少年兵募集をしていて、少年たちは、水兵になるか、飛行隊員になるか選択ができた。私は空を飛ぶことに憧れていたので、後者のグループに入ったが、少年水兵の運命は、われわれの場合より悪かった。一九四四年、二五〇〇名の少年水兵を乗せて門司港を出た輸送船は、アメリカの潜水艦によって沈められました。沖縄とフィリピンの海では、少年たちが操縦する特攻ボートがみな、安物のおもちゃのように沈められたそうです。

一九四四年四月、水戸陸軍航空通信学校に入隊しました。軍隊は正義の通るところと信じていたのに、毎日、理由もなくぶん殴られ、蹴っ飛ばされ、一体これはどうなっているのかと思いました。ある日、父とすぐ上の兄が面会に来てくれて外出が許され、うれしくて、うれしくて、あの日のことは一生忘れられない。うどんか何か食べて別れるとき、一七歳の兄は有り金をはたいて五円をくれました。その後、彼は〝人間魚雷〟回天特攻隊の白龍隊員として亡くなったのです。営門で父と兄と別れたときが、三人の最期の別れだったのです。

一九四五年二月に常陸教導飛行師団の水戸東飛行場に配属されてまもなく、大規模なアメリカの空襲がありました。クラスメートたちは離れた兵舎でモールス信号を学習していました。私はたまたま別棟にいたのですが、爆撃後ただちにその兵舎に駆けつけた。いたるところに級友の死体がころがっていました。粉々に千切れて飛び散った胴体、レシーバーを着けた頭、ブーツをはいた脚、鉛筆や電信用紙を握りしめた手——私たちは、部屋の隅々からそれらを拾い集め、手足と胴、腕と手を突き合せ、何とか一一体を組み立てました。

彼らはみな、いい仲間たちでした。数時間前、いっしょに朝めしを食べながら、ふるさとの自慢話をして盛り上がっていた。郷土名産の食べ物、相撲取りや歌手の名を並べ上げたり、ホームシックで家族のことを話し合っていました。

その朝の空襲は、一八〇人の命を奪い、飛行機を四〇〇機、破壊しました。その日、初めて私は戦争の現実を知りました。びろうどの毛並みの優雅な馬に乗った勇士、という子どもの頃から描いていたロマンチックな軍人のイメージは粉々になった。戦争はクールではなく、互いに殺し合うことだった。露わになったハラワタや切断された頭蓋骨に美しいところは微塵もなかった。私たちのような少年兵は、使い捨てのわらじのようなものとして召集されたのだった。

満州の地で

一九四五年四月、私は満州の長春に送られ、第二航空軍の第二二対空無線部隊に入りました。配属先は空港の無線局で、幸運にも、その地域で実戦は行われていなかった。中国に行って、近代化の遅れたこの国を助け、保護し、大東亜共栄圏の理想を実現するのだという、学校の先生の教えをまだナイーブに信じていました。

しかし、その地で見たことは私を震撼させました。同じ部隊の兵士たちとバスに乗ると、どの兵士も、あとで部隊が払うと言って切符を買わなかった。市場では、一人の兵士が店の人と話している間に、別の兵士が野菜をさらって逃げた。乞食のような風体の満州の中国人を罵り、蹴とばしている兵士もいた。

兵士たちは、抑圧されたエネルギーを発散する戦争もなかったためか、われわれのような少年兵をいじめ、脅し、リンチをすることで時間を潰しました。

日曜日には、慰安所の前に列ができた。ほとんどすべての上級兵がそこで自分の番を待っていた。私はやっと一六歳で、そんな行為に抵抗感があった。「なぜ女を買わなきゃならないのですか?」と指揮官に尋ねました。

指揮官は即座に私の頬をぶんなぐって叫んだ。「女を買うこともできない奴が、どうやって敵を殺せるんだ?」。それから笑って、私にコンドームを手渡した。女を買わない者は意気地なしと排斥されたから、買わないことの方がよほど勇気を要した。だから私も買うようになりました。しかし監獄より暗い家の中で、恥を耐えていた女をみて、心苦しくてならなかった。

ソ連の参戦

満州では、数回他の都市に転属され、配属先はいつも航空隊の無線局でした。戦闘はなかったが、ソ連の攻撃の可能性を踏まえて準備していました。一九四一年にソ連と日本は五年間の中立条約を結んでいたのですが、条約期間終了前の一九四五年四月、ソ連は条約の延長はしないと宣言したのです。したがって、ソ連からの攻撃は現実の脅威であり、防衛力の強化が急務でした。満州にいた若者はすべて徴兵され、二五万人が即席兵隊になりました。

しかし武器や弾薬が足りない。私は二人の同僚と一挺のライフルを共用しなければならなかった。アルミ製の水筒はないから、竹筒で水を持ち運んだ。革靴の代わりに、わらじを履いた。パイロットは、飛行場でおもちゃのようなグライダーで訓練され、そのグライダーでソ連の爆撃機や戦闘機を攻撃せよと命じられた。こんな状態でどうやって戦争に勝てるのだろう?

ドイツとの戦争に勝ったばかりのソ連軍には、武器が有り余っていた。スターリンは、日本に対する連合国の戦争が間もなく終わると知っていた。勝ち組に飛び入りし、勝利の分け前を獲るのは悪くない。ソ連の参戦は、日本にとどめを刺すだろうから、連合国はスターリンを大歓迎した。

一九四五年八月九日、国境近くでブーンという低い不吉な唸りが聞こえて、人々は空を見上げた。黒い蛇のようなものが群れをなして襲来してくるのが見えた。それらは巨大な爆撃機で、満州のいたるところに爆弾をあられのように投下しました。

私が駐留していた満州の長春では、同じ日に巨大な戦車が、大きな鎌の絵柄を描いたソ連の赤い国旗を揚々と掲げて大通りを進軍してきた。同時に中国共産党の軍隊も迫って来た。われわれは手榴弾を投げて虚しい抵抗を試みたが、すぐに市全体が修羅場と化しました。

八月一七日、敗戦を告げられた。本部は重要文書の焼却に忙しく、自分の身は自分で守る以外はなかった。食糧を得ようと軍の倉庫に行くと、復讐に燃えた満州人の群れに石を投げつけられた。

われわれは、やがてソ連軍に拘束された。戦争捕虜になることは恐ろしい恥辱だと教えられていたから、すでに青酸カリを飲んだり、ガソリンをかぶって火をつけたりして、仲間の数名が自殺しました。残りの者が集まって、身の振り方を討議しました。ある者たちは、逃げられるうちに逃げようと主張し、他の者たちは、運に任せると言った。結局、仲間の五人は、わずかな食糧と武器を肩にして去って行った。その後、だれも彼らを見た者はありませんでした。

まもなく、ロシア兵たちが私たちに呼びかけた。「トキオ　ダモイ、スコラ　ダモイ（東京に帰れ、すぐに帰れ）」。

私は彼らの言葉を信じ、跳び上がって喜んだ。戦争は終わった。やっと家に帰れる！　目の中には、自分の帰りを待つお父さんの姿があった。もうすぐ彼に会うことができるのだ。こんどこそよい息子になり、お父さんを手伝うのだ。

ロシア兵はわれわれを鉄道の駅に連れて行った。しかし、裏切られたのです。汽車は、東でなく北に向かった。ハバロフスクに停まって、西に向きを変えた。アムール河に着いて、汽車から降ろされました。すでに雪が降っていました。広い銀色の川の前に立って、河を渡る船を待つ。対岸には森が延々と広がり、監視所にはソ連兵の銃が光って見えました。

それは一九四五年九月一七日で、ちょうど私の一七歳の誕生日でした。どんな運命が待っているのだろう。また父のことを思いました。自分は、父の必死の反対を押し切って戦争に来た。彼は正しかった。どんなことがあっても生き残り、家に帰って彼に会うのだと、自分自身に言い聞かせました。

ラーゲリの日々

ラーゲリ（収容所）に入れられ、缶詰のいわしのように、三段ベッドに詰め込まれました。凍るように冷たく、体を温めるには薄い毛布しかなかった。最下段に寝て、凍死した者もいました。三〇〇グラムの黒パンと四〇〇グラムの「スープ」という名の塩水が、一日分の配給でした。零下三八度以下でない限り、毎日作業に駆り出されました。雪嵐の日は、ダイヤモンド形の氷のちりが体を覆った。それは、まるで真空の中を歩いているようで、前を歩いている男の姿も見えない。視界も音も消えた沈黙の世界でした。

森に行って木を切るときは、裸の手で金属の斧を触ると、手が凍りついて皮膚が剥がれる。日によって道路や鉄道の建設に駆り出され、川の堤を補強をする。配給のちっぽけなパンは半分が昼食用だったが、腹が減ってがまんできずに朝のうちに食べてしまうので、一日中何も食べずに働いた。雪の上で夕闇が迫るまで働く。たいていキャンプに戻る途中で、突然、急激な疲れと飢えに襲われ、体全体が凍り付いたような感じで動けなくなる。そんなとき、絶望が私を襲った。なんとか重い脚を引きずって前進したが、泣きながら目に浮かぶのは、いつも父の姿でした。

私の手足と耳は凍傷になった。左足のつま先は壊疽《えそ》になった。友達に頼んで、ナイフで切り取ってもらった。

森の中では松の樹の穴に細い針金を入れ、昆虫や毛虫をすくって食べた。甘くてうまかった。靴からは革をはがしてかじった。ベルトも半分に切って食った。オーバーコートから数インチ、袖口や裾を切り取って、市場でパンと交換した。貧しいロシア農民にとって、数平方インチのウールは貴重品だったのです。

同僚が病気になると喜んだ。それは、彼らの食糧を残りの者たちで分け合えるからです。だれかが死ぬと、その衣服を剥ぎ、靴を脱がせ、それらを形見だと言って身に着けました。

「船が来る。家に帰って、かあさんに会える。味噌汁を飲める」と熱に浮かされた親友が言って、突然寝床から起き直りました。そしてすぐまた倒れて死にました。

その頃は材木工場で働いていたので、ロシア人の監督は、この友達のために棺桶を作ることを許してくれました。小さな棺に納めるには、斧で彼の手足を切断しなければならなかったが。

死者は増える一方で、埋葬しきれないほどになった。死体は、台車やそり、急ごしらえの担架で運ぶだけになった。彼らの体はなんと軽かったことか。毎日、葬列が続いた。われわれはただ黙って歩き、流した涙はすぐ頬の上で凍った。最初は凍った地面を溶かそうと小枝を燃やしたが、大地は地下二メートルまで固く凍り付いていた。まる一日をかけて、数人で穴を掘った。結局、裸の体を浅い穴底に埋めるしかなかった。手を合わせて祈って、そこを去った。

春になり雪が溶けてから戻ってみると、死体はどこにもなかった。棺桶に入れたのさえなかった。

オオカミや野犬が食ってしまったのだ。

戦争は終わったが、このキャンプでは、軍の階級がまだ幅を利かせていました。ソ連当局は、キャンプの秩序を保つため、それを保全していた。食糧はまず士官たちに提供され、彼らが最大の分け前をとった。われわれのようなヒラの兵隊は、一番働いていても、残り物を食べなければならなかった。士官らは、われわれを洗濯や清掃などの雑用にこき使った。朝起きて皇居のある東方に礼をするなど、ばかげた軍の儀式の順守を強制した。

だから若い者は、士官たちに階級章を外すよう求めることを決めました。会合を開き、その決定を穏やかに彼らに告げた。「ここは、もはや軍組織で運営されるべきでありません。みんなが階級章を外せば、ここは民主的な場所になるでしょう」。

数名の士官が同意し、襟から階級章を外した。残りの士官は黙っていた。「ソ連当局がそのままにして置きたいというのだから」と、ある大尉が顎を上げて言った。

その大尉に恨みをもつ若い兵士がつかつかと歩み寄り、彼の襟からバッジを引きはがした。他の者たちも他の士官らに同じことをし、もみ合いになった。私は、横柄で威張り屋の中尉の襟章を引きはがした。

ソ連の衛兵たちはこれを見て、当局に報告した。がっかりしたことに、当局はわれわれを弾圧した。士官たちは金色の襟章を取り戻して、勝ち誇った顔になった。

しかし、三回の暴動ののち、襟章は士官たちの制服から永久に除去されました。これで状況は少し改善されたのだが、ソ連当局は、こうした若者の反抗的なエネルギーを利用することに決めたらしく、政治的な目的でわれわれを洗脳しようとした。授業を開いて、共産主義を教え込んだので、一部の若者は、熱心なアクチーブ（活動家）となりました。当局は、こうした連中が帰国して日本に共産主義を〝布教〟することを望んだのです。

当局の奨めで、『日本新聞』が週に三回発行されました。ニュースに飢えていたわれわれは、印刷された文字を見るだけでも嬉しく、その新聞を貪るように読みました。

編集者はロシア人だったが、五〇人の日本人スタッフが働いていました。新聞には、ソ連の観点から見た国際ニュースが載っていた。天皇と軍国主義を批判し、資本主義を弾劾し、共産主義を称える多数の記事が掲載されていました。

共産主義の概念は、軍国主義だけを習って育った私には新鮮でした。初めのうち、そうした記事に啓発された。しかし一部のプロパガンダはうんざりだった。

最終的に幻滅したのは、浅ましい阿諛追従《あゆついしょう》でしかない手紙をスターリンに送ることに同意せよと命じられたときだ。その手紙は、「スターリン様、ありがとうございます。閣下は、戦争の悲惨とその扇動者の邪悪から我々日本人を救ってくださいました」「スターリン様、永久に感謝します。あなたはわれらに労働の喜びを教えてくださいました。あなたはわれわれの最高のヒーローです」。

私は、「こんな手紙には断じて署名しない」と仲間に宣言した。スターリンは、六日間の戦争で五万人の日本人を殺して勝利を宣言し、笑いが止まらなかった。六〇万人の日本人をシベリアに連行して二〇〇〇の収容所に入れ、自国の戦後の産業復興のため、わずかな食糧を与えて酷い環境で働かせた。こんな専制者に感謝する手紙をなぜ書かなければならないのか。

幸運なことに、最初に帰国を許されたグループに私の名前があった。それはおそらくアルファベット順か何かの無作為の幸運だったのでしょう。ある人々は、五年も七年も待たなければならなかった。最後の捕虜が帰国したのは一一年後でした。六万人の同胞にとって、帰国の日は決してやってこなかった。彼らの多くは、今もシベリアの雪の下に眠っているのです。

一九四七年一一月二八日にナホトカを出帆しました。もっと長くシベリアにいたなら、私は裏切り者として活動家たちに処罰されていたでしょう。反抗的な「反動主義者」は捕えられて、いかさま裁判に引きずり出されたのです。多数の元士官も厳しく拷問された。殴り殺された者もいました。

帰還

帰国船に乗った私は、父に会うことだけを考えていました。父といっしょに住むことができれば、恐ろしい戦争の記憶は永久に消えるだろう。一生懸命働いて父が自慢できるような息子になろう。まだ一九歳だから、明るい未来がきっと待っているにちがいない。

だが東京の町にたどり着いたとき、昔の家はアメリカ軍の空襲で焼け、影も形もなかった。父の姿はどこにもなかった。父は戦争は生きのびたのだが、私が帰るちょうど一年前に自動車事故で亡くなったと姉が言った。目の前が真っ暗になって、気を失いそうになりました。家が建っていたところにしゃがみ込んで、子どものように泣きました。不幸のニュースはそれだけではなかった。父といっしょに通信学校に会いにきてくれた兄が沖縄で死んだことも告げられた。彼の人間魚雷回天を載せた船が、アメリカの潜水艦に襲われたのです。兄は一八歳でした。

少年兵として私を戦場に送ったこの国は、私を歓迎してくれませんでした。まだ卒業していなかった中学を訪ねて、勉強を続けるにはどうしたらよいかについて尋ねました。学校側は、最後の学年を終了してはいなくても、卒業証書を与えるが、それ以上は何もできないと言いました。高校や大学の授業料を払えるようなお金を、私は持ち合わせなかった。高校の教育水準に追いつかない限り、どうせ入学はさせてはくれなかったでしょう。姉や兄たちは親切でしたが、私を援助する経済力を持っていませんでした。

生きていくには仕事が必要でした。シベリアにいたと言うと、だれも私を雇いませんでした。〝シベリア帰り〟には目に見えない差別があり、われわれ帰還者は、日本の警察だけでなく、GHQ／SCAP（連合国軍最高司令官総司令部）も監視していて、アメリカ兵が近所にやって来て、私がどんな政治思想を持っているかを隣人に尋ねたそうです。夜外出すると、だれかに跡をつけられることがよくあった。仕事場でロシア民謡を口ずさんだり、その節を口笛にしたりすると、ただちに〝共産党員〟として解雇されました。二〇〇九年に、やっと政府は過去のシベリア抑留者にささやかな見舞金を支払い、過去のひどい扱いを公式に謝罪しました。

長年にわたって、新聞配達や電気技師の手伝い、水や衛生関係の作業など、単純作業にしか就けませんでした。通信教育で会計の学位を取り、コンピュータの技能を習熟して、やっと医療機関の主監になり、その後、建設会社の会計部長になりました。兄も姉もみな苦労しましたが、戦後なんとか、それぞれのキャリアを築きました。戦争中太平洋の島に配属されていた一番上の兄は、ビジネスマンになりました。学徒出陣で徴兵された二番目の兄は、「特攻隊」に配属されたのですが、地上勤務員だったので生き残りました。戦後はホテルのドアマンとして働きながら、医学を学んで、ドクターになりました。姉は外科医になり、後に医学部の教授になりました。

戦争は、私の世代のほとんどの男たちから何かしら貴重なものを奪いました。多くの者が、命でなければ夢を失った。私の場合は、学校教育という貴重な経験を奪われました。その埋め合わせに、または純粋に楽しみだけのためにも、今も読書を続け、自分自身を教育しています。

戦争の世代は死につつあります。ぼくらの時代は終わろうとしています。

しかし今もなお、私は自分自身と自分の国に対して怒りを感じ、赦すことも、受容することもできないでいます。父に抗して、なぜ私はまちがった決定をしたのか？　それは、戦争を輝かしくロマンチックなものとして描いた教育のせいではなかったか？　ファシスト国家は若者を戦争に誘い込み、その半数を殺した。そして帰還した若者たちを助けなかった。教育の機会を与えないことで、私たちを再び罰した。

だれもこれらの過ちを繰り返すほど、馬鹿でないことを祈る。

男だけではなかった。女も被害を受けた。妻は私と苦難を分かち合い、二人の良い息子を育ててくれました。彼女が安らかに眠りますように。

第Ⅱ部

「加害」の記憶を受け継ぐ人びと

第Ⅰ部に登場してくださった元日本兵の方々は、不運にも戦時に成人となった。奇しくも生還したものの、敗残兵は故国で歓迎されなかった。戦後の日本は、敗戦という不名誉な歴史の一章を閉じてしまおう、と懸命だった。元兵士は自分たちの行為・見聞について口をつぐんだ。

戦争を指導した上層部の中の少数が戦争犯罪のかどで処刑されたのに対し、天皇は訴追を免れた。彼の戦争責任については、側近やナショナリストたちの間でも退位の可能性が口にのぼったものの、天皇は自分からはその意思表示をしなかった。歴史家のハーバート・ビックスは、『昭和天皇』(講談社、二〇〇二年、Herbert P. Bix, Hirohito and the Making of Modern Japan, HerperCollins Publishers, 2000, p.16-17)という著書の中で、「本書の主なる関心は……昭和天皇が彼の名で、その積極的な指揮のもとで行なった長い戦争の道徳的、政治的、法的説明責任を公的に認めなかった点にある。……天皇は、日本人が戦争責任を考えることを意識的に抑圧する絶好の存在となった。というのは、戦争における天皇の中心的役割を追及しない限り、国民は自分たち自身の役割を問いたださずに済んだからだ」と書いた。

その間、多くの下級兵士たちが海外法廷で戦犯として有罪判決を受けた。人々は、海外で有罪となり、巣鴨プリズンに送られてきた飯田進さんのような人たちに同情的だった。戦犯釈放運動が起こって、巣鴨拘置者たちは一九五八年までに出獄した。問題は、社会が、これらＢＣ級戦犯が海外でどんな犯罪を犯したかを問わなかったこと、日本軍が戦地や占領地の人々にどんな犠牲を強いたかについて、知ろうとはしなかったことだった。

日本の政治の体質は、戦前、戦時のそれを除去して一新したとは言えなかった。ナチスが完全に一掃された戦後のドイツに比べると、日本では良心的反戦を続けた政治家が共産党員以外には少なかったために、アメリカ占領軍は、戦前、戦中の政治家や官僚のアドバイスに頼り、彼らを温存する結果になった。それが戦争の反省を阻んだ理由の一つになったという。東条内閣の商工大臣で戦犯容疑者だった安倍晋三の祖父、岸信介は総理大臣になり、A級戦犯の重光葵《しげみつまもる》は外相になった。

精神病理学者の野田正彰は『戦争と罪責』（岩波書店、一九九八年）の中で、戦後の日本人は深く悔いる能力を失ってしまったと論じている。「侵略戦争を直視せず、どのような戦争犯罪を重ねたかを検証せず、否認と忘却によって処理しようとする身構えが、いかに私達の文化を貧しくしてきたか、考察してみたい」と彼は書いた。

野田氏は一九八五年のある春の宵を思い起こす。彼が東京の地下鉄から上がって見ると、銀座通りを旗や提灯がうめつくし、何千人もの人々が歩いていた。「昭和六〇年」を祝うパレードだった。「人々のうねりは、『戦争もあった、敗戦後の混乱も貧困もあった。それでもなべて昭和の御世は良かった』とざわめきながら押し流れて行った」と書いた。時代の気分は薄く浅い〝幸せ〟に色づいて流れていた。

ドイツの友人がかつてこう言った。「戦後、我々は徹底した自己分析を行い、喪に服した。我々のしたことを国として、世界のユダヤ人に謝罪した。ドイツの国境は他の八つのヨーロッパの国々と接している。隣国に受け入れてもらうには謝罪するしか道はなかった」。島国に住む日本人は、傷つけた国の人々との日常の接触がなかった。

それでも、日本人に「戦争」をじっくり考えることを強いた一例として、歴史学者、家永三郎氏の裁判があった。この裁判は最終的には一〇回の判決（第一～三次訴訟）を数え、三二年間続いた。家永氏は彼が書いた高校日本史教科書『新日本史』（三省堂）に対して文部省から二〇〇カ所の修正を命じられた。これを拒み、家永氏は一九六五年に文部省に対して最初の訴訟を起こした。これは、家永氏が、戦時中、不本意ながら皇国史観を教えたことについての罪の償いであったとともに、戦争の真実を人々に認識してもらいたいという気持ちから始めた挑戦だった。この家永氏の信念に基づく運動は、第三次訴訟において、一九九七年に、南京大虐殺や七三一部隊などに関する文部省の検定は違法であるという最高裁判決を得ることとなり、国内外の称賛を得た。

一九九〇年に韓国人女性、金学順《キムハクスン》さんは、戦争中、日本兵の「慰安婦」だったと自ら名乗って日本政府を相手に訴訟を起こし、日本の「内地」では知られていなかった「慰安婦」問題を社会に認識させるのに役立った。

戦後五〇年目の一九九五年八月一五日には、村山富市首相が談話を発表し、日本の過去の植民地支配と侵略について痛切な反省と心からのお詫びを表明した。次第に、少なくとも一部の日本人は、日本は戦争の犠牲者でなく、むしろ加害者だったのだという認識を持つようになった。

本書の第Ⅱ部は、戦後世代の人々に取材した記録である。彼らが戦争の負の遺産に対して、どのように対処したかが知りたかった。戦後、最も早く謝罪と和解の働きかけをしたのは兵士たち自身であった。中国帰還者連絡会（中帰連）が一九五七年に、金子安次さんのような撫順（及び太原）戦犯収容所の元収容者によって組織された。彼らは戦争の真実を語ることに専念した。

父が戦争で行った行為を悩んで、海外に行ってまで、その謝罪をした人たちがいた。また、かつての敵と和解しようと、いくつかの会が、戦後世代の人々によって組織された。「ＰＯＷ研究会」（第9章）が元連合軍捕虜とその家族を援助し、「慰安婦」問題と向き合ってきた人々もいた（第10章）。これらの会のほとんどは一九九〇年代かその後に創られた。

注目すべきことは、これらの組織の多くが女性によって運営されていることである。女性は非営利的組織のために働くことをいとわない。この種の和解活動に携わる男性には、退職者とか週末ボランティアが多い。

このように積極的に和解活動をする人がある一方、戦争の歴史を書き換えようとする人たちがいる。また、学校で戦争の真実を教えられなかったために無関心で、いまだに戦争を真剣に考えるべき問題だとは意識していない人たちもいる。若い人たちの間で戦争の話を持ち出すと、会話がピタッと止まったことがあった。しばしの沈黙の末、だれかが話しだした。「あれは大変な時代で、祖父の家は焼かれたし、遠い親戚が被爆者で、結婚できなかったそうです」。彼らは自分の家族の苦難は口にしたが、日本が他国民にもたらした悲劇のことは語らなかった。

朝日新聞編集委員の上丸洋一氏は二〇一〇年一一月、朝日新聞夕刊に「語り継ぐ戦場」と題するシリーズを掲載し、その中で、戦争を経験した人たちと、それを語り続けていこうと努力している人たちの話を書いた。シリーズを終了したあとの余話に、彼は次のように書いた。

確かに戦後、日本人は戦争について実に多くのことを語ってきた。しかし、多くの場合、「こんなひどい目に遭った」と、あたかも自然災害の被害者のように、「受動態」で戦争を語ってきたのではなかったか。

例えば、シベリアに抑留された人たちは、酷寒と飢餓、重労働の悲惨は語っても、自身が満州で何をしたかは語ってこなかった。シベリア抑留の不条理はもちろん語り継がれなければならない。しかし、だからといって、日本軍が満州で何をしたか、黙して済ますことはできない。日本人は、戦争で死んだ日本人のことのみを思い浮かべて、戦争で死んだ他国の人々を思うことはなかった。刺突訓練で虐殺された中国の農民の悲しみと怒りにどれほど想像力を働かせてきたか。もっとも、これは日本人に限らない。原爆で死んだ日本人を悼む米国人が果たしてどれだけいるかを考えると、これはより普遍的問題とも思える。（季刊誌『中帰連』〈通巻四九号、二〇一二年一月〉所収「『語り継ぐ戦場』余話」）

7　元兵士と戦後世代がともに歩む

敗戦後六〇万人の日本人がシベリアに抑留されたが、一九五〇年、ソ連と中国の協定で、その中から九六九人が中国の撫順戦犯管理所に移管された。軍の師団長クラスや「満州国」の高官など、戦犯の名に値する人も多かったが、中には初年兵や二年兵もいて、どのようにして彼らが選ばれたのかは今もわかっていない。六年後に彼らの大多数が不起訴、釈放となって帰国した。金子安次さん（第1章）がそうだったように、管理所での寛大で人道的な扱いに心を動かされて、みなが自分たちの戦争中の行為を悔むようになっていた。中国帰還者連絡会（中帰連）は、元は相互の助け合いのために一九五七年に創られた。初めの一年は模索の時期だったが、第二回の大会で、平和と日中友好に貢献することを目的と定め、それ以来、会員たちは積極的に自分たちの過去の戦争の実態を公共の場で語った。

一般的に元兵士の多くは自分の戦時中の行為を語りたがらなかったから、戦後の日本人は海の向こうで日本軍が何をしたかを知らなかった。それを語ると、社会の偏見や反動にも出会った。それでも敢えて正直に語ってくれたこのグループの人たちが社会に与えた影響は計り知れない。

勇気を賭してそれをしてくれた人たちの例として、金子安次さんにお会いすることができたが、他の中帰連の多くの方はすでに故人になられていた。彼らが語った話は戦争の隠れた歴史の証言で、しかも彼らが亡くなったあとは、だれも語ることができなくなる最後の記録だった。幸い戦後世代の中には、その証言を語り継ぐための努力をしてくれた語り部たちがいた。中でも熊谷伸一郎さんは、「この中帰連の歩んだ道こそ、本来ならば戦後日本社会が歩まなければならなかった道ではないか」と考えて、中帰連の解散後、「撫順の奇蹟を受け継ぐ会」を立ち上げ、その事務局長になった。

そんなに大事な歴史の記録であるから、中帰連の人たちの在世中に彼らの話を書き留めてくれた人たちの著書や資料を参照して、ここに三人の話を再現させていただいた。その著書名はAからEまでこの章の終わりに記した。それから引用させていただいた部分は、文中に資料の記号とページ数を表記した。

湯浅　謙——中国帰還者連絡会

湯浅さんは中国戦線で生体解剖に関与し、山西省太原の戦犯管理所に入れられた軍医だった。戦後六〇〇回に及ぶ講演を行って、自分の罪が二度と繰り返されないようにと語り続けた。

一九一六年の生まれ、父を見習って医者になる道を選んだ。だが彼が医大を卒業した一九四一年は日米開戦の年で、翌年には軍医中尉として中国山西省の太原の南方、潞安の陸軍病院に送られたのだった。

赴任して一カ月半経ったある日、「今日は午後一時から手術演習をやる」と言われた。日本軍は国内から大量の医者を動員していたが、中国戦線が泥沼に陥って、前戦で緊急手術のできる外科医の大幅な増加が求められていた。

軍医と看護婦と合わせて二〇名の日本人が、何事もないように談笑する解剖室で、二人の中国人が両手を繋がれていた。ひとりは若い男で、覚悟をしているかのように毅然としていた。もうひとりは年配の農民風の男で、悲しそうな声で叫んでいた。

二人の人間を生体解剖する――この初めての場面を湯浅さんは忘れることができなかった。演習が始まる前、彼は先輩の軍医に「この人たちはどんな悪いことをしたのですか」と訊いた。その軍医はただ、「パーロはみな殺すさ」と言ったという。パーロとは共産党の八路軍を指す。

「手術は部隊付きの軍医によって、腰椎麻酔、全身麻酔のあと、虫垂切除、腸管縫合、四肢切断、気管切開などが行われました。私たち病院付き軍医は介助の任務でしたが、私は手術をためしたい欲望にかられて、自ら気管切開を行いました。ほとばしる血を見ながら満足感に浸りました」と湯浅さんは語る（A―21頁）。

死体は衛生兵が運び出し、解剖室から少し離れた穴に埋められた。その穴の付近は何度も掘り返され、数知れない練習体が埋められていた。

湯浅さんはこの病院では数回生体手術演習に関わった。初回は気味の悪さがあったが、二回目で平気になり、それ以後は積極的に行ったという。別のところでは、後ろ手に縛られた中国人捕虜を看守が拳銃で撃ったあと、悲鳴をあげて苦しむ男の腹部の銃弾を引き抜く手術演習をした。七三一部隊の要請で、赤痢とチフスの病原菌を提供したこともあった。

ちなみに、生体解剖、人体実験は、「満州国」建国の翌年一九三三年に、日本陸軍が石井四郎軍医中将に細菌工場の建設を命じて始められた。関東軍防疫給水部本部（通称「七三一部隊」）の名を借りた生物化学実験は、ハルビンの本部だけでも三〇〇〇人の犠牲者を出した。中国南部戦線での細菌兵器散布、また敗戦時に散布されたネズミ・ノミによるペスト菌被害を含めれば、その犠牲者の数は計り知れないという。

日本との戦争に勝利した後、共産軍との戦いを再開した蒋介石の要請で、太原にいた何千人もの日本軍兵士はそこに残って戦っていた。湯浅さんも病院で兵士たちを助けるつもりでそこに住み続け、結婚して二人の子どもをもうけた。一九四九年に太原も共産軍に占領され、日本人は内地に帰って行ったが、湯浅さんは同じ病院に留まって土地の病人を治療し、医者を教育したりしていた。

一九五一年のある日、前ぶれもなく湯浅さんは家族といっしょにトラックに乗せられ、地元の刑務所に連れられていった。何も悪いことをした覚えはなかったから、どうしてそんなところに行くのかわからなかった。戦争が終わって六年も経っていたし、生体解剖にしても、あれは軍部の命令に従ってやっただけだ。

翌年、湯浅さんと一四二人の日本人元将兵が太原の戦犯管理所に連行された。ここでも戦犯たちは、撫順の戦犯管理所と同じように寛大で親切に扱われた。湯浅さんは医者として病人を診たから、報酬まで与えられていた。やがて戦犯たちは、指導官から、自分の戦争中の行為について反省を書け、という宿題を与えられた。湯浅さんは生体解剖について正直に書いたが、「反省が足りない」と言って受諾されなかった。自分がしたことは、「すべて軍の命令に従ったにすぎない」という態度を変えなかったからだった。

彼はその後結核に倒れたが、中国人の医者がソ連から取り寄せた新しい抗生物質を使って治療に励んでくれていた。ある日、彼の生体解剖の犠牲者の母と名乗る人から手紙を受け取った。それが湯浅さんの人生を変えた。

湯浅よ。わたしは、お前に息子を殺された母親だ。あの日、息子は潞安の憲兵隊へ引っ張っていかれた。わたしは憲兵隊まで行き、門の前でずっと見張っていた。次の日、突然門があいて、息子が縛られてトラックに乗せられて、どこかに連れて行かれた。わたしは自動車のあとを追いかけたが、纏足《てんそく》の足で追いつくわけもなく、たちまち見失ってしまった。それからあちこち息子を捜したけれども、どこへいったのかさっぱりわからなかった。翌日、知り合いのひとが来て教えてくれた。「おばあちゃん、お前の息子は、陸軍病院へ連れていかれて、生きたまま切られたんだよ」とその人はいった。わたしは悲しくて悲しくて、涙で目がつぶれそうだった。それまで耕していた田も耕せなくなった。食事もとれなくなった。湯浅よ、いま、お前が捕えられていると聞いた。どうぞ、お前に厳罰を与えてくれるようにと政府におねがいしたところだ（B—91頁）。

手紙を読みながら、涙が止まらなかった。「ぼくは、手術台の患者をからだとして扱うように訓練されてきたのです。顔を見ると同情心が湧くので顔は見ない。だからこの母親の息子の顔は覚えていない。しかし手紙を読んだとき、自分は大事な人間の人生を奪ったのだ、ある女性の最愛の息子を殺したのだ、ということが愕然と胸にこたえた。それと同時に、この人を殺したのは、それが仮に陸軍の命令であったとしても、自分自身だったのだ、自分は殺人犯なのだ、ということを強く自覚しました。自分は最悪の罰に値する人間だということを悟って、それからというもの、どんな罰をも受け入れる覚悟をしました」と湯浅さんは語った。

しかし一九五六年、中華人民共和国の特別軍事法廷で不起訴という裁定を受けて、湯浅さんは他の元戦犯とともに日本に帰って来た。日本を離れて一四年ぶりだった。結核の治療のあと、残りの人生を医者として働いたが、湯浅さんが特別だったのは、彼が生体解剖の経験を公の場で語ったことだった。彼は中帰連の創立に関与して、その会を通して積極的に講演活動をした。医者としての名誉を顧みず、自分が犯した由々しい非人道的な罪を人前で語ることは、特別な勇気を要することだったに違いない。彼が敢えてそうしたのは、隠されていた日本軍の戦時中の恐ろしい行為を知らせることが、社会の良識のためにも、そのために殺された犠牲者たちのためにも、自分の良心の贖罪のためにも絶対に必要だと考えたからであろう。

彼の証言は医者の仲間から猛攻撃を受けた。闇に葬り去られていた罪悪意識が新たにかき乱されたとか、嫌な亡霊が再びつきまとうようになった、などという手紙が殺到した。右翼からの嫌がらせも受けた。それでも「戦争は普通の人間を狂人に変えるのです。もう戦争はしてほしくないから」と言って、湯浅さんは証言を続けた。

北海道で開業している医者の兄だけが理解してくれた。彼も戦争中の自分の行為が忘れられなかった。「一年に三度は中国に帰っている。何かが自分を引き寄せるのだ。我々が蹂躙した国土が回復していく姿を見るのがうれしい。カメラを持って行って美しい自然の景色を写真に写すと、何か罪の償いをしたような気がする。今日は君の本を送らせるように本屋に頼んだ。『これはバイブルだよ』と言って、娘やその夫や孫に読んでもらうつもりだ」と彼は書いてきた。

湯浅さんは八四歳で医者の仕事を辞めた。「死刑になって当然のところを帰国させてもらった。ぼくが殺した被害者のために証言を続けなければ」と言って心臓手術は断り、その代わりに証言活動を続けた。好き好んで話したわけではなかった。何百回証言をしたあとでも、湯浅さんは話をするたびに苦しそうに深いため息をついていたという（A—19頁）。彼は二〇〇九年、母校の東京慈恵会医科大学での講演で、若い後輩たちに語った。「戦争がどのようなものか知ることが何よりも重要であると思う。そこから正しい歴史について考えを深めてもらいたい」。湯浅さんは二〇一〇年に九四歳で亡くなられた。

土屋芳雄——中国帰還者連絡会

「撫順の奇蹟を受け継ぐ会」の熊谷伸一郎さんの『なぜ加害を語るのか—中国帰還者連絡会の戦後史』（岩波ブックレット六五九、二〇〇五年）という本には、加害体験を証言するだけではなく、中国に戻って被害者とその家族に謝り、赦しを求めた中帰連の人の話が書かれている。

元憲兵だった土屋芳雄さんは中国にいた一二年間に二〇〇〇人近い人を逮捕し、拷問や銃殺刑で三二八人を直接・間接に殺した。山形県の貧しい農民の子だったが、畑を耕すときには虫をつまみ出すほど心の優しい少年だった。満州事変が起きた一九三一年に陸軍に入隊して中国に渡った。それから二カ月目に捕虜の刺突訓練をさせられて以来、人を殺すことをなんとも思わない鬼になっていった。

数知れない殺人の中でも、特に強い呵責の念を持っていたのは、チチハルの憲兵隊の一員だった彼自身が中心になって摘発した張恵民事件だった。日本に侵略されている中国を救うためにソ連を味方に引き入れようと活動をしていた張恵民さんたちをスパイの疑いで逮捕したが、いくら拷問しても白状しないので、土屋さんは、日本軍に協力すれば必ず釈放すると家族を懐柔した。しかし、チチハルの憲兵隊は早まって張さんたち八人を銃殺した。このため、土屋さんは家族をだまして銃殺に追いやったことに、特に心が咎めていた。

撫順戦犯管理所で過去の行為を悔いるようになって帰国した土屋さんは地元で証言活動を続けていたが、それでも良心の呵責に苦しみ続けていた。一九九〇年、心を決めて中国を訪ねた。初めに張恵民さんの墓の前で頭を下げた。それから彼の四女の張秋月さんに会った。父親を殺されてからの苦しかった一家の話を秋月さんは涙ながらに語った。彼女の母は夫がいなくなって数年して、飢えと過労から亡くなった。秋月さんは八歳のときから工場で働いた……。

「お詫びをしてから死にたいと思ってやって参りました」と言って土下座した土屋さんが、部屋を去ろうとしたときに、秋月さんは土屋さんの手を取ってくれた。それは土屋さんが望んでいた以上のことだった（C―49頁）。

三尾　豊――中国帰還者連絡会

三尾豊さんは憲兵曹長として大連に駐屯していた。一九四三年、大連からソ連向けの無線が傍受された。憲兵隊は無線の発信者である朝鮮出身の沈得龍さんを逮捕した。実は王耀軒さんという実業家が無線の発信拠点を提供していることがわかったので、それでは潜伏している王さんを捜し出せと命じられた。三尾さんは天津で王さんを逮捕し、彼とその仲間を大連憲兵隊まで連行した。

王さんたちは最初に水責めで拷問された。それから、彼らは「特殊扱い」に分類された。それは七三一部隊に送ることを意味したのだ。三尾さんは、その部隊に送った者は二度と帰ってこないということには気づいていたが、それ以上は知らなかった。七三一部隊に送られた捕虜たちは、細菌戦の研究や生体解剖、生体手術演習のために使われたのだということを知ったのは戦後になってからだった。

三尾さんは軍命を受けて、沈得龍さん、王耀軒さんと他の二人をハルビンに移送し、七三一部隊に引き渡した。だが撫順の戦犯管理所に入れられ、戦時中の行為の反省を求められるまで、三尾さんは、自分がこの四人の運命を決め、彼らを死に陥れたとは考えていなかった。彼は確かに王さんを捜し出して手錠をかけた。その後、四人をハルビンの七三一部隊に移送した。だが彼は単に義務を果たしたに過ぎない。自分は四人を殺してはいない。でも反省のある時点で、確かに四人を殺すのに大きな役割を果たしたのだと認めるようになった。

一九九五年の夏、三尾さんはハルビンで開かれた七三一部隊に関する国際シンポジウムに出席した。王耀軒さんの息子の王亦兵さんも参加していた。会議の期間中のある晩、三尾さんは王さんに会いに行って、彼の父親の死について謝罪した。彼らは一〇〇分以上も話し合った。怒りに震えながら、王さんは三尾さんを責めた。「あなたが殺人者だ。もしあなたが父を逮捕し、その部隊に引き渡さなければ、父は死ぬことはなかった……」。

三尾さんは八一歳で、ガンの手術を終えたばかりだったが、王さんが彼に叫んでいる間中ずっと立ち続けていた。青ざめた頬に涙を流しながら、王さんに何度も謝まった。三尾さんに憤りをぶつけながらも、王さんは彼の謝罪に誠意を感じていたという。

一九九七年に、王さんを含む一〇人の中国人戦争犠牲者及びその家族が日本政府に対して一億円の損害賠償を求めて提訴した裁判で、三尾さんは原告側証人として出廷した。三尾さんは原告の親族を七三一部隊に移送したと証言して、「日本軍の侵略行為は中国の人々に多大な被害を与えており、日本政府は被害者に謝罪して賠償すべきです」と言った。旧日本軍兵士で加害者として法廷で証言した最初の人であった。

この裁判は、最終的に、二〇〇七年五月九日の最高裁判決が遺族らの請求を棄却した。しかし、その過程で、多くの事実が明らかにされた。例えば、東京高裁において、七三一部隊に所属したSさんは、人体実験を行ったことについてビデオによる証言を行った（石山久男＋『学習の友』編集部編著『戦争ってなんだ？――証言が伝えるアジア太平洋戦争』〈学習の友社、二〇〇八年〉八〇〜八一頁）。

三尾さんは、歴史修正主義者が南京大虐殺を否定したり、教科書を書き換えようとする傾向に心が休まらなかった。一九九七年、戦争の真実を後世に伝えるための季刊誌『中帰連』の創刊のために、私財を投じて寄付した。この季刊誌の奥付には、「創刊人　三尾豊」と表示されている。

三尾さんは一九九九年に八五歳で亡くなった。彼は、死の一二日前に、病院を訪れた小林節子さん（晩年の三尾さんの活動を支えた一人）に次のように言った。

もう自分には謝罪することも責任を取ることもできなくなりました。……あとはあの世で自分が死に追いやった人たちを探して直接謝ることしかできない。……七三一部隊に送って虐殺された被害者の遺族の、わかっている人にだけでも会えたことは幸せでした。……心残りは釈放されたと聞いていた三人の行方がわからないことです。もしその人たちまで殺されていたとしたら自分の罪はもっと重くなる。生きていて欲しかったです（D―208頁）。

三尾さんの死後、王さんの次のような弔文が中帰連に届いた。

どうぞ三尾豊氏のご家族に私の心からの弔問をお伝え下さい。……中国の諺に「干戈為玉帛」（戦争を友好に変える）があります。実に私と三尾豊先生は実際の交流を通じて、敵から最も親しい友人になりました。私は中国の古い言葉を思い出します。三尾先生は「人殺しの刀

を捨てて仏になった」としみじみ感じています。安らかにお休み下さい。三尾豊先生！（D―211～212頁）

熊谷伸一郎――撫順の奇蹟を受け継ぐ会

半世紀にわたった中帰連の活動は、会員の老齢化とともに困難になっていった。数年間にわたって、一年に数十人が他界するようになって、二〇〇一年末、彼らはついに解散を決めた。日本の戦後の歴史に特別な足跡を残してきた中帰連が解散してしまうことを残念に思う人たちは多く、それを継続したいという若い世代の人が集って、「撫順の奇蹟を受け継ぐ会」という団体が誕生することになった。「解散と継承の大会」の席で、新しい世代を担う新団体事務局の熊谷伸一郎さんは、半世紀に及ぶ中帰連の歴史に思いを馳せながら、新団体を代表して次のように語った。

熊谷伸一郎さん

戦犯たちの反省と贖罪を訴える通切な声は、しかし、さまざまな偏見や無知、そして時代の制約によって困難に直面しました。……被害者の赦しを得ることを最大の目的として、中帰連の人々は帰国時の誓いを守り、営々と愚直なまでに罪をあがなう贖罪の道を歩んできました。その訴え、その姿は次第に影響を広げ、戦後の私たちの社会に大きな足跡を残したのです。その誠実な歩みを振り返るとき、私たちは、この中帰連の歩んだ道こそ、本来ならば戦後日本社会が歩まなければならなかった道ではないかと思いいたるのです（C―66～67頁）。

熊谷さんはそれ以来「撫順の奇蹟を受け継ぐ会」を取り仕切り、季刊誌『中帰連』の編集長も兼ねて、活動を続けてきた。

荒川美智代――撫順の奇蹟を受け継ぐ会

荒川さんは一九七四年生まれ。熊谷さんを助けて、季刊誌『中帰連』の編集をしている。初対面では、こんなに若くて優しそうな女性が、どうして昔の戦争関係の雑誌などに関わっているのだろうという好奇心をもった。

一九九四年に東京に来て、本多勝一さんの『中国の旅』（朝日新聞社、一九七二年）という本を読んで、驚きの連続だったのです。これは日本で初めて本格的に中国の被害者から聞き取りをした本で、戦争の被害にあった普通の市民たちの証言記録です。彼らの被害の内容があまりにひどくて、途中で何度も本を閉じてしまいました。この本のお陰で戦争について真剣に考えるようになったのです。

戦争についてのもうひとつの出会いは、この中帰連でした。ＮＨＫの「慰安婦」についての番組が、政治家たちによって改ざんされ、元兵士の証言がカットされていたという記事を読みました。「慰安婦」について証言した二人の元兵士（ひとりは金子安次さん）のことでした。私は本多勝一さんの本などで、「慰安婦」のことを知っていましたけど、それを日本の元兵士が公に認めるということは勇気のいることで、どんな人たちなのだろうと興味を持ったんです。彼らはかつて中国の戦犯管理所に収容されていた人たちで、中帰連を創立した人たちだということを知って、すぐ季刊誌『中帰連』の購読を申し込んだんです。すると熊谷編集長から連絡があって、「元兵士の証言を記録に残す聴き取り活動に加わらないか」とお誘いを受けました。二つ返事で、ぜひ、とお答えしたんです。

中帰連で働き出すと、同時に他の平和活動にも道が開けて、体がいくつあっても足りないようになりました。本多勝一さんと新聞社が名誉毀損で訴えられた「百人斬り」の裁判では「南京への道・史実を守る会」で手伝って、裁判を支援しました。「百人斬り」はなかったという訴えについては、最高裁で本多さん、その他の完全な勝訴に終わったのですけれど、その後この会では南京事件を否定する社会的な動きに積極的に反論する活動もしてきました。

荒川美智代さん

荒川さんの話を聞いていると、なぜ彼女がこうした活動をするのかがわかってきた。彼女は、社会に不正があったら、それをただソファーに座って傍観していることに耐えられない人なのだ。平和問題に加わる前に、子どもの人権を保護するグループで働いていたのも、彼女の心の優しさと行動力を示す。二〇〇六年に夏淑琴さんという女性の裁判を助けるために中国に行ったのも同じ理由からだった。

南京事件の折、夏さんの母と二人の姉は強姦されて殺されたのだったが、夏さんは、日本で出版された本に、「夏淑琴は偽証人である」と書かれていることを知って愕然とし、怒りや苦しみで夜も眠れなかった。そしてついにその本の著者を訴えることにした。荒川さんは本多さんの裁判支援を立ち上げたばかりで、どこまでやれるか不安だったが、南京に行き、悲しみに浸っている老弱な夏さんに会ったことで決意が深まった。夏さんが日本へ来たときには、どこにでも同伴し、いつも手をつないで歩いた。

夏さんが最初の裁判で陳述するために東京地裁に行ったときには、右翼団体が邪魔をしに来て暴言を吐いた。夏さんはなぜ被告の教授が事実でないことを書いたのかを知りたくて、彼に会いたがったのだが、彼は一度も出廷しなかった。荒川さんは、夏さんを買い物にも観光にも連れて行った。夏さんがどの訴訟にも勝ち、最高裁でも全面的に勝訴したときには、わがことのように跳び上がって喜んだ（E—29〜48頁）。

荒川さんは「中帰連」の将来について考える。この雑誌のために戦場体験を語ってくれていた元将兵たちはこの世から去っていく。過去の日本の戦争を正直な目で見て、自分の罪を認めたこの軍人たちのことを、これからも若い世代に伝えていかなければならない。今のように戦争の歴史を書き換えようとする人が多い時代にこそ、このような雑誌が続けられることは最も大事なことなのだ。「でも、この雑誌は今後どのようなテーマを追求していくかが問題です」と荒川さんは言う。それで最近の『中帰連』には、過去ばかりではなく現在の問題も扱っているし、中国ばかりではなく世界的な問題にも目を広げている。七〇年前に日本軍が戦った戦争と同じようなことが現在もまだ世界のほかのところで行われている。この雑誌を続ける意味は大きい。

【参考文献】

A　『次世代に語り継ぐ生体解剖の記憶—元軍医湯浅謙さんの戦後』小林節子、梨の木舎、二〇一〇年

B　『消せない記憶—湯浅軍医生体解剖の記録』吉開那津子、日中出版、一九八一年

C　『なぜ加害を語るのか—中国帰還者連絡会の戦後史』熊谷伸一郎、岩波ブックレット六五九、二〇〇五年

D　『撫順の空へ還った三尾さん』小林節子、杉並けやき出版、一九九九年

E　『戦争への想像力—いのちを語りつぐ若者たち』小森陽一監修、新日本出版社、二〇〇八年

8　戦犯の子、罪の赦しを求めて

駒井修さんの父、駒井光男氏は戦後、シンガポールのチャンギ刑務所で絞首刑に処された。修さんは「戦犯の子」という十字架を背負って成長した。父が死刑にされた足跡をたどり、事件の犠牲者の一人であった『The Railway Man』（邦訳『泰緬鉄道 癒される時を求めて』角川書店、一九九六年）の著者エリック・ローマックスさんをイギリスに訪ねて、父の罪を詫びた。

修さんの父は泰緬鉄道捕虜収容所の一分所の副所長だった。彼の管轄の小屋でラジオが見つかった。駒井光男氏とその部下は、禁じられていたラジオを廃品から作り上げたこの小屋のエンジニアたちに対して、言語に絶する拷問を課したうえ、このグループの同僚二人を撲殺、ローマックスさんその他に重傷を負わせて放置した。戦後、ローマックスさんは駒井光男氏を、主犯として裁判にかけるべきだとイギリス当局に訴えた。

ベストセラーになり、映画化もされた『The Railway Man』の中で、ローマックスさんは駒井光男氏よりもむしろ通訳の永瀬隆さんを不倶戴天の敵として描いた。「肉体への暴力より言葉の暴力が耐えがたかった。ナガセと顔をつき合わせている時間の方が長かったせいでもあるが」と、ローマックスさんは北イングランドのベリック・アポン・ツイードの自宅で語った。私は『それでもぼくは生きぬいた―日本軍の捕虜になったイギリス兵の物語』（梨の木舎、二〇〇九年）を書くために彼を訪れていた。

永瀬さんに対するローマックスさんの憎悪と、その最終的な和解が、彼の著書の後半の主題だが、ローマックスさんが永瀬さんを赦すには五〇年以上の年月がかかった。永瀬さんは戦後、泰緬鉄道沿いに放置された遺骨を探す連合国墓地捜索隊に加わったとき、日本軍の残酷さを認識して仏教僧となり、余生を同胞の罪滅ぼしに捧げた。年に数度、総計一三五回、タイ国を訪れ、アジアの子どもたちに教育資金を、医学校や看護師養成学校に入る若者に奨学資金を与え、いくつかの仏教寺院を寄進して、地元の人々と交流を深めた。永瀬さんは二〇一一年六月に亡くなられた（満田康弘『クワイ河に虹をかけた男―永瀬隆の戦後』梨の木舎、二〇一一年）。

永瀬さんはローマックスさんとの再会を手紙で懇願し、二人は戦後五〇年後にクワイ河にかかる橋の上で出会った。そのあと彼はローマックスさんを日本に招いた。「ナガセに会って、かつては友情など思いも寄らなかった恨み骨髄の敵が、血を分けた兄弟に変わった……憎しみはいつか終わらねばならない」とローマックスさんは彼の本の最後に書いた。

駒井修さんは父のことをローマックスさんの著書で読んでから、イギリスに行って、じきじきに彼に謝罪をしたいと考えた。ローマックスさん宛ての手紙を書いて、それを永瀬さんを通して、送ってもらいたいと頼んだ。

二〇〇七年の夏、駒井修さんはローマックスさんを訪問した。ときに修さんは七〇歳、ローマックスさんは八九歳であった。

子煩悩だった父

私は駒井修さんとは手紙を書きあっていた。私がローマックスさんを知っていたので、二人の間の連絡役もした。駒井さんは盛岡に住んでいられるが、私は彼に東京でお会いした。数十回も手紙をいただいていたから、もう旧友同士のように感じていた。にこやかに笑って握手をしてくださって、いかにも優しそうな方だ。竹を割ったようにすっくと背を伸ばして、はきはきと率直にものを言われる姿勢から、まじめで几帳面な手紙の文面から察していたとおり、いかにも信念の人、という感じを受けた。

「不幸にして父を含む日本軍は、ジュネーブ条約を無視し、捕虜を非人道的に扱いました。戦争の名のもとに良心を失い、恥ずべきことをしました。今からでも遅くありません。日本軍がした悪行については、すなおに全世界に謝罪するべきだと思います」と手紙に書いてくださったのを思い出した。

しかし、駒井さんは父親のことは深い愛情を込めて話される。戦時中、父はタイの駐屯地から毎週、五歳の息子に手紙を書いた。のちに父が戦犯として絞首刑にされたことを知ったときには、何かの誤りに違いないと思った。死刑に処せられるほどの戦争犯罪人に父を追いやったのは何か、それをつきとめようと父の一生をたどった。


駒井さんの父は一九〇四年、盛岡の靴屋に生まれた。夢見がちな青年で、大学では文学を専攻した。古い城の廃墟で、軽食堂主の娘だった母と逢い引きし、いっしょに詩を読んだ。靴屋の祖父は、詩なんか詠んでどうやって生計を立てるんだ、と言って、授業料の送金を止めてしまった。やむなく父は他の大学に移って、経済の勉強をした。軽食堂の娘とは、当時としてはモダンな恋愛結婚をして、四人の子どもが生まれた。うち二人は幼くして亡くなった。

父は大会社に就職したが、一年間、陸軍士官学校に通った。一九三九年に徴兵され、少尉として朝鮮に派遣された。

母によると、父は最後に戦地に赴く前に彼女の前で泣いて、「行きたくない。死ぬような虫の知らせがする」と言ったそうだ。父が所属する野口部隊は朝鮮で捕虜の看守を募集していて、彼の役はこれら朝鮮人軍属を訓練し、台湾、仏領インドシナ、シンガポール、インドネシアのジャカルタへ連れて行くことだった。

一九四三年に駒井さんの父はタイに派遣された。そこでは六万五〇〇〇人の連合軍捕虜と三〇万人のアジア人労務者が泰緬鉄道建設のために働いていた。カンチャナブリの収容所で、父は朝鮮人一三〇人、日本兵数人を部下として七二〇〇人の捕虜の監督に当たった。

想像を絶する苛酷な条件のもとで四一五キロの鉄道が一四カ月足らずで完成、これは一日当たり八九〇メートルということになる。犠牲者も多く、「枕木一本に死者一人」と言われた（実際には、レール一本に死者一人だという）。

カンチャナブリでは捕虜は数百の掘っ立て小屋に入れられていて、その一つに英国の通信士官八人からなる一グループが収容されていた。彼らは作業場で機械や汽車の修理をしていた。その一人がエリック・ローマックスさんだった。

虐殺

一九四三年八月、彼らの小屋でラジオが発見された。ラジオ所持はスパイ行為と見做され、収容所内では厳しく禁じられていた。ラジオの専門家シュー氏他、メカに強い連中が廃品をかき集めて、一台のラジオ組み立てに成功したのだ。毎晩、仕事のあと、兵士たちはシュー氏のベッドのまわりに集まって、いくさのニュースに聞き入った。それが小屋から小屋へとリレーされ、捕虜全部に伝わった。外界から得る唯一の情報源で、連合軍に優勢な戦況のニュースを聞くことほど、捕虜たちの士気を高めたものはなかった。

日本側はこの通信士の班に最高の罰を与えようと腹を決めたようだった。憲兵隊によるさまざまな拷問のあと、グループはトラックで日本軍の駐屯する収容所本部に連行され、その衛兵詰め所の近くで降ろされた。その入り口の傍で、不動の姿勢で立つように命ぜられ、朝の一〇時から一二時間、炎天下に立ち尽くした。一日中飲み物を与えられず、太陽の強烈な暑さ、ハエや蚊の苛立たしさに加え、灼けるような喉の渇きに苦しんだ。日が落ちると、駒井副所長が朝鮮人看守や日本兵の騒がしい一団を連れてやってきた。何人かは千鳥足だった。

まず、スミス少佐が呼ばれて、腕をまっすぐ頭上に上げて直立するように言われた。日本の軍曹が出て棍棒を振り上げ、牛でも打ちのめす勢いで、スミス少佐の長い痩せこけた体を打ちのめした。彼は踏んづけられ、蹴飛ばされ、またまっすぐ立たされた。再び軍曹が強烈に殴り倒した体を、日本兵が全員加わって、つるはしの柄で数百回殴打した。のたうち返り、血まみれになった体が暗闇の方に引きずられていった。ローマックスさんは自分自身の経験も描いている。「それから骨の隅々まで響く一撃を受け、私は倒れた。灼けるような流動する苦痛の感覚が駆け巡り、体中を貫いた……必死で『イエス』のみ名を呼び、大声で助けを求めたことは、その時の完全に絶望的な無力感とともに、今に至るまで、決して忘れることができない。私は悪臭の放つ淀んだ排水溝の中に転がり落ち……気を失ってしまった」（エリック前掲書、一四五～一四六頁）。

意識がもどると、二本の足で立っていた。どのように肥溜めから這い出して立ち上がったのか、覚えていない。ローマックスさんと彼のグループを治療したオランダ人医師が数えたところによれば、その晩、つるはしの殴打は九〇〇回も続き、明け方にやっと終わったのだった。ローマックスさんの両腕は骨折し、肋骨数本と腰骨がやられ、背中からペロリと皮膚がむけていた。

翌日の午後、別のグループの捕虜が、前夜ローマックスさんがやられた同じ所で、一日中炎天下に立たされた。夜一〇時頃、〝殺し屋小隊〟が行動開始。ローマックスさんが病床から耳にしたのは、前日と同じような肉体を打つ鈍い音、苦悶の悲鳴、酔った下士官たちの叫び声だった。

翌朝、医師が許されて犠牲者たちの様子を見に行った。ハウリー大尉とアーミテッジ中尉の亡きがらが肥溜めに放置されていた。二人ともローマックスさんの親友だった。

「戦犯の子」

戦争直後、駒井さんの父はイギリス憲兵によって逮捕され、一九四六年三月四日、チャンギ刑務所で最初の戦犯として処刑された。

父は戦争に行って、帰ることはなかったが、駒井修さんは、どのように成長したのだろうか？

戦時中、家族は夜毎の空襲を避けるため、大阪から盛岡の祖父の家に疎開した。北日本の地方都市にも、米軍の爆撃機B29が飛来、三発の焼夷弾が落ちて彼の小さな家は全焼した。

一九四五年の暑い夏の日、町の人たちはラジオの置かれた一角に集まった。男たちは頭を低く垂れて玉音放送を聞いていたが、「よかった！　戦争が終わったよ」という女たちのひそひそ声が聞こえた。母はにっこり笑って、修さんの耳に「父ちゃんが帰って来るよ」とささやいた。修さんは興奮して三度も飛び跳ねた。

修さんの引き出しにはタイから父が毎週送ってきた便りが今でも保存してある。みなで八〇通。その一つには「幼稚園入園おめでとう」のあとにこう書いてある。

「ユウベオーチャンノゲンキナユメヲミテ、トテモウレシカッタ。オニイチャンニ、オミズヤハナヲワスレヌヨウニシテクダサイ」

最後の文は一一歳で病死した兄のことを言っている。父は、兄の墓をきれいにして花を供えるようにと、修さんに頼んでいた。もう一つの手紙にはこう書いている。

「オーチャンノタヨリヲナンドモナンドモヨミマシタ。マタカイテクダサイ」

「父ちゃんに手紙を書きなさい」と母はいつも言ったが、修さんは机に向かって書くのが億劫だった。今になって、もっと書いておけばよかったと悔やまれる。顔はほとんど覚えていなくても、これらのたよりから父の溺愛ぶりがわかった。彼は父の帰還を待ち焦がれた。

友達の父親が次々と復員してきた。彼は母に「父ちゃん、いつ帰るの？」としつこく聞いた。「父ちゃんは遠い南の国にいて、帰るには時間がかかるよ」と母は答えた。

父は帰らなかった。一九四六年三月、絞首刑にされた三週間後に一通の通知が届いた。そのあと、伯父がやって来て、「いいか、これから大事なことを言う。そこに座れ」と姉と修さんに言った。

二人が座って、さあ聞こうとしていると、母が泣きながら部屋に飛び込んできて、伯父の口を手でふさいだ。「やめて、兄さん！　やめて！」。

「わかった」と伯父は冷静に言って、口を閉じた。修さんは頭が混乱したが、母が毎日泣いているので、何か恐ろしいことが父に起こったに違いない、父は死んだのだ、と察した。

ある日、母と二人きりのとき、「父ちゃんは名誉の戦死だったの？」と聞いた。七歳の子どもでもその言葉を知っていた。戦争で家族を失った遺族が、誇らかに「名誉の戦死」を口にしていた。この言葉が遺族にとっては唯一の慰めだったに違いない。

その質問を聞くと、母は真っ赤な狂暴な顔つきになって、「バカ！」と叫んだ。それきり姉と修さんは互いに約束して、父のことは決して母に尋ねないことにした。でも親戚の者に聞いても、急いで話題を変えてしまった。父のことは考えないことにした。

どういうわけか、父が戦犯でイギリス人に殺されたのだという考えが頭にこびりつくようになった。一九四六年、東京裁判開始後は、「戦犯」という言葉を口にするのはタブーになっていた。人々はこの言葉を陰でひそひそと口にするだけだった。戦犯とは、残虐なことをしただけでなく、国に恥をかかせた罪人を指す言葉だった。母はいつも「修、人に後ろ指を指されるようなことはしないのだよ」と言いました。それは父が処刑直前に息子のために書き残した言葉だったそうだ。

修さんは何も悪いことはしていないのに、みなが後ろ指を指しているようだった。母の友達は、父のことを知ってから、母に近寄らなくなった。近所の人たちの冷たい仕打ちのせいで、一家は市内を三度も引っ越さなければならなかった。

学校で「戦犯」の意味を学んだあとでも、あの父が戦争犯罪など犯したはずはないと思った。あんな優しい便りをくれた人にどうして恐ろしいことができただろうか。何かの誤りに違いない。

一九五三年、父の処刑後七年目に母は病気のため世を去った。修さんは工業高校一年生だった。引き出しの中の母の遺品を整理していて、シンガポールの日本語新聞を見つけた。チャンギでの父の処刑を報じたものだった。

修さんと姉は一文の遺産もない孤児となり、彼はアルバイトしながら高校を出た。大学進学は絶対に無理だった。職さがしに行くとき、先生は、「両親のことを聞かれたら、お父さんが戦犯だったとは言うなよ。名誉の戦死を遂げたと言いなさい」と助言してくれた。

修さんは、余計なお世話だと思って、最初の就職面接で父のことを聞かれたとき、「戦争犯罪人です」と答えた。先生の言った通り、不採用。でも次の面接でも同じ答えをした。「それは気の毒な。つらい思いをして成長したんだね」と言って彼に職を与えてくれた。

その会社で一生懸命働いた。社長が修さんを好いてくれて、すてきな女性、幸子さんを紹介してくれた。結婚して、娘がさずかった。初めて彼の人生は祝福され、光に満ちたものになった。これまで彼の体を呪縛していた呪いの言葉、「戦犯の子」は過去のものとなった。

父の罪を背負って

だからといって父を忘れたわけではない。「戦場にかける橋」や「戦場のメリー・クリスマス」などの戦争映画を見た。父が死刑に値する何をしたのか、と考え続けていた。

泰緬鉄道戦友会にも出席した。彼らは修さんを歓迎し、握手してくれて、「おやじさんとそっくりだねえ」と言ってくれたり、涙を浮かべて話しかけてくれたりした。シンガポールまで戦友会に同行し、父の墓参りもした。でも「父の事件の真相を話していただけませんか」と頼むと、みな顔を見合わせるばかりでだれも話したがらなかった。

修さんは、ある国会議員にコネを得て、シンガポール裁判の議事録を手に入れた。父が二人の捕虜を撲殺、他に七人を虐待し、重傷を負わせたくだりを読んで愕然とした。BC級戦犯裁判の英語原文記録を英国から入手して、それを読むと、罪状を父が認めた、とも書いてあった。

それが戦後五五年にして真実を知った瞬間だった。間違いなく、父は戦争犯罪を犯したのだ。英語で書かれた「死刑」の文字を指でたどって修さんは泣いた。死の瞬間、父は何を考えていただろうか。母と二人の子を残して、ふるさとを遠く離れて死ぬのは、なんと辛かっただろう。

しかし、同時に涙に曇る目に浮かんだのは、イギリス人犠牲者の遺族の姿だった。自分や母と同様、彼らも父や夫たちの帰りを待ちわびていたに違いない。愛する家族たちが殴殺されたと知ってどんな気持ちだったろう。遺族たちの苦悩を心の中で再現してみた。

父を死に至らしめたイギリス人に対する秘かな憎しみに取って代わったのは、悲しみと罪の意識だった。どうしたら遺族にお詫びをすることができるだろう？　横浜の英連邦戦没者墓地を訪ね、日本の収容所で同様の条件下で死んだかもしれない人たちのために祈った。

修さんは永瀬隆氏を訪ねた。彼は戦後五〇年たったあとも、ローマックスさんが殺意をもちつづけ、どういうわけか父以上に激しく憎んでいた人物である。しかし和解への長い道のりの末、今では永瀬さんは、ローマックスさんと「血肉」を分けた〝兄弟〟になっていた。修さんもローマックスさんを訪ね、父が彼や友人に加えた所業の謝罪をしたいとの願望を永瀬さんに伝えた。永瀬さんはその気持ちを理解し、修さんが書いた手紙を訳して、友人ローマックスさんに送ってくれた。

ローマックスさんの返事は拒否反応で、がっかりした。

「お問い合わせに心が揺れています。まだ彼に会う気になれません。ナガセさん、あなたに会う気になるまで長い時間がかかりましたね。同じ情況なのです。オサム・コマイは父親のミツオ・コマイに生き写しだとあなたはおっしゃる。その人が目の前に現われたら、にっこり笑って歓迎できるかどうか私には自信がない。六〇年も抑えつけてきた怒りが休火山のように突然爆発するかもしれないと恐れるのです」

イギリスでローマックスさんに会えるまでに六年かかった。

修さんが英国に発つ直前にも、ローマックスさんは永瀬さんにこう尋ねた。

駒井修さんとエリック・ローマックスさん

「ミツオ・コマイを絞首刑にしろ、とイギリス当局に訴えた張本人はこのぼくだということを、オサムは承知のうえだろうか？」

「承知のうえです」と修さんは答えた。

二〇〇七年七月の暑い日、彼は幸子さんとともに北イングランドのベリック・アポン・ツイードへ旅立った。

挨拶を交わして、ローマックスさんは空色の目で修さんをじっと見つめ、「お父さんにそっくりだね」と言った。日本の版画が壁にかかった居間でお茶を飲んだ。花盛りの庭に出ると、鯉のいる小さな池があった。部屋にもどっても、通訳を通して話をすることが不自然で、はるばる地球の反対側からやって来た用件を持ち出すのをためらっていた。窒息するような長い沈黙の末、修さんは勇気を奮って深々とお辞儀をした。

「ローマックスさん、父があなたとあなたの友人たちにした所業について心からお詫びします」

ローマックスさんは青ざめた顔で、しばし答えもなく、永劫とも思える長い時間黙っていた。それから憔悴と苦悩でやつれた顔で立ち上がり、血を凍らせるほどの重々しい声でこう言った。

「あなたが私に謝罪するなど考えられない。あなたの謝罪を受け入れるのは苦痛です。私こそあなたのお父さんを指さして、あいつを死刑にしろ、できるだけ早く絞首刑に、と言った当人なのですから。どうして父親を死に追いやった男に、息子さんが謝罪をするのか、わかりません」

そう言ってから、彼は座った。前よりおだやかな顔になっていた。

「あなたは若いとき、お父さんだけでなく、お母さんも亡くしたのでしたね。苦しかったでしょう。戦犯の子どもとしてつらい思いをしながら成長した。私こそあなたの一家に悲しみをもたらした張本人です。その私を憎みも恨みもしないで、はるばる海を渡って来てお詫びをなさる。ここに来てくれたことに心から感謝します。でも息子が父親の行為の責任をとる必要はありません」

駒井さんは、ローマックスさんが父の罪を赦してくれると期待してはいなかったが、少なくとも謝罪を受け入れてくれるかもしれないと思っていた。でもローマックスさんはこちらの言葉を真剣に受け取ってくれた。彼も苦しんでいた。多分、自分が来たことが彼の苦しみを刺激してしまったのだろう。しかし前向きに考えよう、と自分に言い聞かせた。

二人は次第に打ちとけて、共通の趣味について話しあった。鉄道、切手、相撲、サイクリングなど。ローマックスさんと彼の妻パティさんは、もうひと晩泊っていったら、と言ってくれたが、翌日の便に乗るので辞退した。別れる前にローマックスさんは修さんに一枚の紙片を渡した。それには次の言葉が書かれていた。

「何度、過去を振り返っても、過去は変わらない。過去のことで泣くのはやめて、よりよい未来のために今を十全に生きましょう。それが今私たちのすべきことです」

母に重なる絵

駒井修さんは私への手紙に書かれた。

「父が生まれながらの悪人だったとは信じません。日本兵についてのたくさんの本を読みましたが、非人間的な軍の訓練で、彼ら、特に心弱き人たちが、極悪非道な化け物に変身してしまったのだと思う。降伏することは恥だという、まちがった軍の哲学が、彼らを捕虜に対して悪魔的な虐待へと駆り立てたのです。

だからといって父の所業が許されるわけではありません。人として、同じ人間である人たちに、してはならないことをしてしまった。私はこの話を人々、特に若者たちに語り続けていきます。戦争は普通の人の中にひそむ悪魔を引き出し、無実の人々を傷つけるのです」

先に書いたように、執筆中の本のことで、私はローマックスさんを訪ねることになっていた。

「飛行機より電車の方が楽でしょう。ブリストルからベリックまでは、電車で五、六時間だから」と書いて、すり切れたブリストル・エジンバラ間の時刻表を同封してくださっていた。私が乗れそうな列車に赤インキで丸印をつけ、乗り換えの駅名など注意深く書いてあった。八九歳にしてなお根っからの鉄道マンなのだ。

電車は、海に向かって古い石作りの家々が砦のように立つ入江の町に止まった。空は深い透明のブルー。静かな駅舎の外に背の高い婦人が立ち、満面の笑みを浮かべて私に両手を振っている。パティさんだ。タクシーで伺いますと伝えておいたのに迎えにきてくださったのだ。

「景色のいい方の道をお願いね」とパティさんが告げると、タクシーの運転手は灯台の足元に白波が立つ岬へ、それからスコットランドとの境の古代の砦に立った煉瓦づくりの建物の道へと車を走らせた。

車が静かな通りの白い鉄垣の前で止まると、おだやかな顔つきの老人がステッキを手に玄関ドアの前に立っていた。私を見ると破顔一笑、「列車は定刻に着きましたかな？」と尋ねられた。

彼は大きな絵のかかる玄関へ私を招き入れた。そう、これこそローマックスさんが『The Railway Man』の冒頭のページで説明している絵だ。私はその説明文の出だしを半ば暗唱すらしていた。

「一八八〇年代のグラスゴー、セント・イノック駅の埃っぽい、ある夏の夕暮れを描いた大作である。黒っぽい地味な服に身を包んだ日傘の初老の婦人が……ホームを離れて遠ざかって行く列車を凝視する……。突如襲った孤独感を振り払うかのように、彼女は必死になって息子のイメージを心に刻みつけようとしているかに見える」

長い間、絵から目を離すことができなかった。予想したより遥かに美しい絵画だった。「グラスゴーの競買で買いました。この女性に母の思い出を重ねてね」と彼が言った。

戦地に赴くローマックスさんは、駅の人混みの中に母をちらりと見て、それきり会えなかった。いくさの間、母を思い続けた。ローマックスさんは水責めの拷問を受けたとき、「マザー！　マザー」と叫んだと、永瀬さんが本に書いていた。戦争が終わり、やっと母に会えると期待に胸ふくらませて帰国したローマックスさんを待っていたのは、母が亡くなったという知らせだった。行方不明兵士リストの中に、間違って書かれたローマックスさんの名を見た一カ月後に、彼女は亡くなった。息子の死の報のあと、母は自らの命を絶ったのだろうか。私はローマックスさんに、それを尋ねる勇気を持たなかった。

ローマックスさんは居間で私に椅子をすすめ、自分は、「筋ジストロフィーを苦しんでいるので」と言いながら、苦しそうに腰をこごめて、ひじかけ椅子に身を沈めた。

暖炉の両側の本箱を指しながら「どれも捕虜たちが書いたもので、三〇〇冊ほどもありますよ」とローマックスさんは言う。その中には〝血を分けた兄弟〟永瀬さんとの共著もある。隣の部屋にはダンボール箱が詰み上げてあって、まるで本屋の倉庫のよう。

「エリックは収集狂なのよ、ヒロコ」とパティさんが笑う。「二階にはもっとたくさんの箱があって、そのうちのいくつかには切符や切手がぎっしり」。

ローマックスさんは「オサム・コマイに会えて良かった。彼は誠実でいい人ですね。こんな辺鄙なイギリスの果てまで来てくれるとはね。ナガセとぼくはもう歳で、旅行はできないから、オサムが来てくれて、新しい友達ができましたよ」と嬉しそうに言われた。

彼は永瀬さんのことも語った。「彼は偉大な人でした。戦後、過去のつぐないのためにりっぱな尽力をしました。ぼくが憎しみに心を奪われて、彼を殺そうと綿密な計画を練って幾晩も眠れぬ夜を過ごしていた間に、彼はタイに行って、学校や寺院を建てて、素晴らしいことをしていたのです」。

それから、今の日本人についての話になった。「今の日本は平和を愛する国で、国民は知的で見識が高い人々のようですね。一つだけ気がかりなのは、聞くところによると、若い人が戦争の歴史を知らないで、ナショナリストになる人がいるとか。自分たちの過去を学んで欲しいものです」とローマックスさんは言った。

二日目、彼は心臓の痛みのため気分がすぐれなかった。邪魔にならぬよう私は散歩に出た。パティさんの教えに従って高い石垣の間の小道を行くと、目の前に海が広がり、何千という白いさざ波がキラキラと輝いていた。岬の長い道を灯台まで歩いた。塔のあたりは人気がなかった。白いペンキがあちこちはげ落ち、砂地には雑草が風の中でしおれていた。

手すりに寄りかかって紺碧の海を見た。水平線のかなたにはヨーロッパ大陸があり、その先に東南アジアと日本がある。七〇年前、ローマックスさんと同じように海を渡って戦地に赴いた何万もの若者のことを思った。再び故郷に帰らなかった者たちがいた。

かもめが一羽やってきて手すりに止まった。悲しそうな目をしていた。

ローマックスさんは二〇一二年一〇月八日、逝去された。

二〇一四年、「The Railway Man」（邦題『レイルウェイ　運命の旅路』）が映画化された。

9　連合軍捕虜と向き合った人びと

笹本妙子《ささもとたえこ》――ＰＯＷ（戦争捕虜）研究会

秋晴れのある日、笹本妙子さんは私を横浜・保土ケ谷《ほどがや》の駅まで出迎えてくださった。彼女は連合軍捕虜のことで多大な貢献をして、英国女王から勲章をもらった方だ。そのうえ同じ大学卒の後輩だということで、誇り高く感じながらやってきた私を、笹本さんは美しい笑顔で迎えてくださった。その日は、彼女のライフワークとの出会いとなった横浜の英連邦戦死者墓地まで私を連れて行ってくださることになっていた。街を離れて緑の深い道に入ってまもなく、車は灌木に覆われた門をくぐった。そこには青空の下に緑なす芝生が広がり、何百もの銅板の墓碑が整然と並んでいた。どの銅板も赤い花々で飾られている。あたかも天国の一角に来たような錯覚に陥った。

初めてここに足を踏みいれたとき、私は何の予備知識もありませんでしたが、墓碑を見て驚きました。刻まれている名前がみな外国の男性で、しかも一九四二年から四五年の間に亡くなっていたからです。つまり、彼らが死亡したのは第二次世界大戦中です。私は戦後の一九四八年生まれですが、日本本土での地上戦はなかったと認識していました。なのに、どうしてこれほど多くの若い外国人が「戦死者」としてここに埋葬されているのか？　事務所に管理人と思しき西洋人がいましたが、私は英語が苦手だったので問いかける勇気がありませんでした。

その謎が解けたのは一九九七年の夏のことだった。墓地での追悼礼拝をある新聞記事が報じていた。それは、日本の捕虜収容所で亡くなり、この地に葬られた英連邦軍兵士のために行われたものだった。

私はこの追悼礼拝の主催者の一人、雨宮剛・青山学院大学名誉教授にすぐに会いに行きました。先生は、アジア各地で捕虜となった人々のこと、そして日本に送られてここに眠ることになった人々のことを、五時間にもわたって話してくださいました。また「たったひとりの戦後処理――もうひとつの〝戦場にかける橋〟物語」というTV番組（泰緬鉄道の元陸軍通訳、永瀬隆さんを追ったドキュメンタリー）も見せてくださいました。

その番組の中には、線路沿いにおびただしい人骨が掘り起こされる場面がありました。永瀬さんに向けられた元捕虜たちの冷たい、射るような眼を見て鳥肌が立ちました。日本人に対しそのような憎悪の念を持たせるとは、一体過去に何があったのか？

日本国内外に捕虜収容所が存在したことについて、私は学校で教わりませんでした。日本がイギリスと戦ったことすら知らず、日英は良い関係を保っていると私はのん気に考えていたのです。

自分の無知を強く恥じた私は、何度も墓地を訪ね、母国から遠く離れたこの地に眠る兵士たちについて思いを馳せました。家族は彼らに何が起きたのか知っているのだろうか？　彼らがどこでどのように亡くなったのか知っているのだろうか？　この兵士たちについて調べることは私たちの務めではないか？　夫や息子に何があったのか家族に知らせ、またこのような事実があったということを私たち日本人自身も知るべきではないか？　そのことなくして真の友好関係はあり得ないのではないか？

当時、私はフリーランス・ライターとしてテレビ番組の制作にかかわっていたので、この墓地についての番組作りを考えましたが、番組を作ろうにも何の情報もなく、その計画は実現しませんでした。代わりにこの捕虜問題について長く積極的な関わりを始めることになったのです。

私は歴史家でもないので、どこから始めれば良いのか全く見当がつきませんでしたが、まずはだれが埋葬されているのか、彼らはどこでどのような収容所生活を送ったのか、どのような理由で亡くなったのかを知りたいと思いました。

図書館に行き、捕虜に関する書籍や資料を探してみましたが、皆無でした。敗戦直後、軍は戦犯裁判にかけられることを恐れ、証拠隠滅のため、全ての記録を焼却したと聞きました。

笹本さんは長い間、暗闇の中を探り、細い糸をたぐっていった。やがて、日本国内にはのべ一三〇カ所の捕虜収容所（敗戦時には九一カ所）があったことがわかり、それらの場所を地図で探し出した。

戦争中、日本は成年男子が兵隊にとられ、労働力不足に悩んでいた。軍は捕虜を船で日本へ輸送し、工場、造船所や鉱山等で乏しい食事と劣悪な環境の下で働かせていた。日本に連行された三万五〇〇〇人以上の捕虜のうち、三四八一人が死亡した。日本に船で移送中に米軍の爆撃や雷撃で亡くなった人の数を含めれば、もっと多くなる。

戦後アメリカ人やオランダ人の遺骨は故国に持ち帰られた。一方、英、豪、カナダ、インド、ニュージーランドなど一七二〇人の遺骨はこの地に埋葬された。第一次世界大戦後、英連邦軍会議で決められた軍規によるものだった。

ある日、私と同じ興味に引かれて墓地を訪れていた田村佳子さんに出会いました。彼女のお父さんはニューギニアから生還した数少ない兵士の一人でしたので、おのずと戦争問題に強い興味を持っていました。私たちは仕事を持ち、母親としても忙しい毎日でしたが、日本各地にある収容所跡地の調査を開始しました。元の形をとどめている跡地はまず無く、ほとんどの記録は処分されていました。地方の役所や資料館を訪ね、収容所について多少の知識は得ましたが、個々の捕虜についての情報にたどり着くまでには長い道のりでした。

しかし、調査の過程で、私たちは多くの協力者や調査の先達、志を同じくする人々に出会い、彼らとともに、二〇〇二年にＰＯＷ（Prisoners of War ＝戦争捕虜）研究会を立ち上げることができました。やがて幸運な発見がありました。メンバーの一人、福林徹さんが国会図書館にあるＧＨＱ／ＳＣＡＰ（連合国軍最高司令官総司令部）資料の中から、日本国内で死亡した連合軍捕虜三千数百人の名簿を発見したのです。これは決定的な手がかりとなりました。

二年後、この名簿をデータベース化し、会のウェブサイトに載せたところ、日本内外のメディアがこれを取り上げ、実にたくさんのメールを受け取ることとなりました――「載せてくれてありがとう。父がどこでどうして亡くなったのか、これで初めてわかった」などと。

日本国内での死亡者リストをデータベース化したあと、海外での死亡者リスト作りにも取り組んでいます。オランダの国立公文書館の委託で、オランダ軍捕虜一人ひとりの履歴を記録した日本語の捕虜カードを英訳する仕事もしました。

ＰＯＷ研究会の会員は主婦、ジャーナリスト、学校の教師、大学生、定年退職者、九〇歳を超える元日本兵、国内に住む外国人、海外に住む日本人などで構成されているが、活動はすべてボランティアである。笹本さんは事務局長として会の推進力となり、みなと協力して活発な活動を続

笹本妙子さん（右）と田村佳子さん。横浜・英連邦戦死者墓地で行われたリメンバランス・デー（第一次世界大戦終結〈1918年11月11日〉を記念した戦没者記念日）にて。

け、その努力と成果は海外でも高く評価されている。数年前からは日本政府が行っている米、豪の元捕虜の招聘プロジェクトにも協力している。元捕虜たちが来日すると、ＰＯＷ研究会は市民交流会を催して彼らの体験を聞き、彼らが働いていた捕虜収容所跡地にも案内している。

七〇年が経過していますが、古傷がまだ癒えないまま日本にやって来る人も多いのです。同行する子どもや孫たちもまた彼らのトラウマを受け継いでいます。しかし帰国するときには、「日本に来て本当によかった。やっと傷が癒えた」と笑顔で口々に言ってくださいます。

笹本さんは『連合軍捕虜の墓碑銘』（取材協力／田村佳子、草の根出版会、二〇〇四年）を書いた。これを読むと、笹本さんが真実を追及する情熱、探偵のような論理的な調査方法、歴史家のような徹底した入念な姿勢を兼ね備えた優秀なリサーチャーであることがわかる。これは連合軍捕虜の真相を明らかにした最初の本で、今でもこの分野のバイブルになっている。

戦争世代はいずれ消えていくが、次の世代にこの史実を語り伝えていくために、これからもさらに活動を続けなければならないと彼女は語る。

「娘たちはそれぞれの道を歩み、夫は定年退職し、山間に建てたコテージで晴耕雨読の生活を楽しんでいますが、みな私の仕事を理解してサポートしてくれるので、私は幸せ者だと思っています。まだまだたくさんやらなければならないことがあります。この問題は私のライフワークなのです」と、笹本さんは静かな面持ちながら、深い情熱を秘めて語ってくださった。

田村佳子――ＰＯＷ（戦争捕虜）研究会

私の捕虜問題への関わりも笹本さんのように横浜の英連邦戦死者墓地への訪問からでした。一九七四年、結婚を機に横浜に移り住んだばかりの頃、「とてもきれいで静かなところがある。そこに連れて行ってあげよう。ほとんど人に知られていないところだよ」と夫が言いました。

それは家から徒歩でほんの一〇分程、これまでに訪ねた中で一番美しいところでした。墓碑銘を読むと、外国の若い男性の名前ばかり。なぜこの人たちはこれほど若くして亡くなり、故国から遠く離れてここに埋葬されているのだろう？　私は笹本さんが初めてこの墓地を訪れたときと全く同じことを考えました。家に戻っても、墓碑にかかれたことが頭から離れませんでした。彼らは家に愛する人を残して出かけて二度と帰らず、結婚することもなかった、もし結婚していたとしても子どもに会うことはなかったのでは？　こんな遠い国で家族がどんなに恋しかったことだろう。いてもたってもいられなくなり、翌日、再度墓地を訪ねました。あたりには何の説明板もなかったので、事務所を訪ねました。イギリス人の墓地管理人がいたので、この墓地の来歴について尋ねると黄色くなった本や書類を見せてくれました。「答えは全てこの中にある。読んでみなさい」。

大急ぎで拾い読みしました。戦争の歴史でした。同じような一行が世界史の教科書にあったのを思い出しました。「一九四二年二月一五日、シンガポール陥落」。学校でこの一行を学んだときはそれほどの意味があるとも思えず、このたった一行のあとにどのような悲劇的なドラマが起こったか、考えてもみなかったのです。シンガポールの、そして太平洋の島々の陥落は、一四万人の連合軍捕虜を産み出し、その中には倒れてこの墓地に眠る運命になった若者たちがいたのでした。

多少の英語をたしなんでいたので、この墓地管理人が、外国からの訪問者があるとき、来ないかと誘ってくれました。元捕虜たちが来て、戦友のお墓の前で涙を流しました。「あなたたちはぼくらを戦勝国の人間だと考えるだろうが、ぼくらにはよい思い出は何もないのですよ。ぼくらは楽しかるべき青春時代を奪われた。友人たちは命を奪われた」とある人が言いました。

捕虜やその家族の話を聞くのは悲しかったですが、私には彼らの悲しみが痛いほどわかりました。

私の家族にも戦争の影は長い尾を引いていたからです。

子どもの頃、父方の祖母を訪問すると、決まって祖母は「わたしは幸せ者ですよ。四人の息子を戦争に取られたが、みんな五体満足で戻って来たのよ」。彼女はほんとうにラッキーだったのです。夫の祖母は、自分の夫だけでなく二人の息子も戦争で失っていたのでした。

「あなたのお父さんはニューギニアから無事帰還したそうで、ほんとうに良かったね」と、会う人は決まって私に言ったものです。父は戦争の話はしなかったけれど、あるとき、母がこんな逸話を話してくれました。

「新婚間もない頃、部屋に花を飾っておいたら、深夜、お父さんがむっくり起きあがり、『おい、起きろ！　よく見るんだ。あの花は食べられるぞ！　みんなで食べよう！』と大声で叫んだの。狂人と結婚したのかと思って、恐ろしかったねえ」

あるとき、父は私の前に二冊の本を置いて、それを読むようにと言いました。一冊は彼の師団の将兵たちによる戦争の回想録。もう一冊は将校がまとめた師団の記録でした。手に取って少し読み始めたが、どれも凄絶な飢餓と死の話ばかりで、とても読み続けられなかったので、本を閉じて本棚の目につかない奥の方へと押し込んでしまいました。今考えると、読み通して、父の話をもっと聞くべきでした。でも次に私が本を取り出したのは父が亡くなってからあとのことでした。

父は満州で比較的安楽な部隊生活をしていたのですが、一九四四年、南方作戦参加の命を受け、馬との涙の別れをし、ぶ厚い冬のコートを脱いで、師団は一六隻の船団で南下しました。兵士たちはトイレも無い船底に貨物のように詰め込まれました。よく捕虜たちが、「地獄船」で日本に送られた話をしますが、日本兵も同じように過酷な状態で輸送されていたのです。

輸送船団はアメリカの潜水艦の放つ魚雷などで攻撃を受け、次々に沈みました。父の船もやられたのですが、漂流中、流れて来た竹の筏に捕まり、やがて救助船に助けてもらいました。近くの島で休息後、生存者たちはニューギニア北西の基地、ソロンに向けて出航しました。その後小さな船で、ソロンから四〇〇キロメートル東のマノクワリに着いたのですが、応援部隊を待ちわびていた既存の将兵たちは、船が食糧は持たず、大量の武器弾薬ばかり持って来たのでがっかりしました。ここには戦闘は無く、兵士たちはただ飢餓と戦っていたのです。

まもなく父もマラリアにかかり、命も危なくなった。戦友たちが蛙、ヘビ、トカゲ等を捕まえ、滋養になるからと無理やり食べさせてくれたそうです。

マノクワリでは将校の会議で、「口減らしのための転戦」が決定され、父の部隊は来たばかりのソロンへ戻るように命令されました。しかも今度は徒歩です。何千もの将兵が目的地に到達するまでに絶壁から落ち、急流に呑まれ、飢餓と病に倒れて死にました。三カ月後ソロンに戻ったのは、一〇人に一人、亡霊のような姿の兵士だけでした。ソロンにも戦闘らしきものは無く、あったとしても、だれも銃を持つ力もなかったのです。

幸いにも父はこの冷酷な死の転戦をするにはあまりに体が疲弊していると判断され、食糧運搬員に選ばれたのです。小さな折りたたみの船に乗って夜霧にまぎれて、約束された海岸沿いの地点に食糧を置いていく。昼間は木陰で身を隠しての運搬作業だったので、父は少しずつ健康を取り戻すことができました。

戦争が終わったとき、父は健康体と見なされてホーランディアに移され、オランダ軍の労務隊のために作業をしました。父たちは監視兵たちに銃で脅され、恐ろしい思いをしたそうです。ほんの少しでも共通の言葉を知っていたなら、少しは意志疎通ができただろうに、と父は回想録に書いています。

その体験が理由だったのか、父は私に英語を学ぶように強く望んで、大学卒業後、私がオランダの銀行に就職すると、戦後の労務隊の厳しい思い出にもかかわらず、それを殊のほか喜んでくれました。

仕事先では支店長はじめみんなとても親切だったのですが、わずかながら、そうではない人もいました。Aさんは、顔は笑っているようでも、眼が非常に冷たいのです。日本人の上司にそのことを訊ねたことがありました。「ここには戦争中大変な思いをした人たちがいる。特にあのAさんは子ども時代、インドネシアに住んでいて、戦争勃発後、日本兵が、彼の目の前で二人のお兄さんを殺し、お母さんは連行されて二度と戻って来なかった、と聞いている」と彼が言うのを聞いて、私は衝撃を受け、また悲しくなりました。それでも横浜の英連邦戦死者墓地を見るまでは、この戦争の悲劇の大きさについて十分に理解していなかったのですが、そのとき初めて、日本が戦争で他国の人たちにもたらした不幸に対して、何かをしなくては、という思いに駆られました。

ですから、この横浜の墓地のそばに住むようになって、戦争の犠牲者に関係した仕事を始めたのは、偶然とは言い切れないことでした。今は亡き父ですが、彼は私の元捕虜たちとの交流についてもとても喜んでくれました。一度、父に横浜の墓地を案内したことがあります。イギリスから来た元捕虜が収容所を再訪したいと言っている、と父に伝えると、西日本の山奥にあったその鉱山を探し出してくれて、訪問がうまく行くよう万全の手配をしてくれました。

墓地の管理人から笹本さんを紹介されたとき、すぐさま、「やっと友達を見つけた！」と直感しました。これまでだれもこの墓地に興味を示してくれなかったのが悲しかったのですが、笹本さんが私と同じことを考えている人だということがすぐわかったからです。彼女はすごい調査能力で墓地の謎を紐解いていき、私は海外の人との話を聞き取るなど、二人三脚で仕事を進めていきました。

この墓地で、多くの外国人訪問客に会いました。イギリスからやって来た未亡人は初めて見た夫の墓石の前で泣きくずれました。またある女性は、「父は私の一四歳の誕生日に戦争に出かけました。母と私は毎日彼の無事の帰還を祈っていたのですが、ある日、軍当局から一通の封書が届き、父が一九四三年に日本で捕虜として死亡したと書いてありました。母子のそれからの生活は困難を極めました。どれほど日本を憎んだことか……」と言って父の墓の前で涙しました。それでもその後、彼女は私に手紙を書いてくれました。「私の夢は小さな石を一つずつ置いて、日英の間に橋を架けることです」と。感動し、私はすぐに返事を書きました。「私もこちら側から石を積みましょう」と。

墓地を訪れる人たちと仲良くなることができてうれしいです。オーストラリア、カナダ、オランダ、アメリカ、そしてイギリスからの人たちです。それぞれの国との間にも、小さな石で少しずつ橋を架けていきたいと思っています。

ＰＯＷ研究会の一員として活動できることをとても幸せに感じています。どんなに微々たる努力でも、捕虜と家族たちの長年の苦痛を和らげることができるなら、と願っています。

笹本さんと田村さんは英連邦の元捕虜への貢献のため、英国女王からＭＢＥ勲章（Member of the Most Excellent Order of the British Empire）を授章された。

ホームズ恵子――元英国軍捕虜たちとの「癒しと和解の巡礼の旅」

ホームズ恵子さんもまた、英国の元捕虜への貢献のため、外国人として最高の勲章を英国女王から叙勲された方だ。ロンドン郊外のクロイドンで静かな一人住まいをしていられるが、元捕虜たちの間ばかりでなく、英国人で彼女の名前を知っている人は多い。

「夫は若いときに亡くなり、成長した息子たちは遠くに住んでいます。元捕虜たちが私を家族の一員のように思ってくれていたのですが、多くはもう天国に召されてしまいました。彼らが懐かしいです」と語る恵子さんが座る居間の三方には、白髪の元捕虜たちの写真が何百枚もパネル一面に貼られている。彼らが満面に笑顔で、恵子さんを囲んでいる写真が印象的だ。

「元捕虜とその家族を毎年日本へ連れて行く旅を、半世紀にわたって続けてきたのですが、今もまだやっていますよ。彼らの古傷を癒す目的で設立したアガペという組織を今も続けているんです。会員は私ともう一人の日本の女性の二人だけですけどね。日本航空などの日本企業、裕福な人たちから、十分な寄付をいただいています」

恵子さんは三重県熊野市の紀和町《きわ》に生まれた。東京で勉強していたときにポール・ホームズというロンドンっ子と知り合って結婚。一九七九年、二人の息子を連れて一家でロンドンに移り住んだ。ポールは熱心なクリスチャンで、恵子さんも入信した。悲しいことに、五年後に、出張中のポールは、飛行機事故で帰らぬ人となった。失意の中の彼女を救ったのは信仰だった。

ホームズ恵子さん

一九八八年、両親に会いに故郷に戻ったときのこと、子どもの頃、古い木の十字架があるだけだった入鹿《いるか》（今では紀和町の一部となっている）の墓地が、美しい墓地に様変わりしていた。深い森に囲まれた新しい墓地の中央には銅製の十字架が建っていた。右側の石碑には、亡くなった一六名の兵士の名前が刻まれていた。左側には次のように書かれた記念碑があった。

史跡　外人墓地　　　紀和町指定文化財

昭和一九年六月一八日、軍当局から、マレー方面で捕虜となった英兵三百人が配置され、軍の監視の下に現在地付近に収容、大半は（筆者注―紀州鉱山の）坑内作業に一部選鉱場や農地開墾に従事しましたが、これらの人々はイギリス人として自尊心と教養を持っており、仕事ぶりも能率的であり、収容所内での生活も紳士的でありました。

しかし異国に捕らわれの身となった寂しさや不安、戦地に置いての罹病が原因となり、昭和二〇年八月終戦と同時に解散するまでに一六名が死亡し、本国への帰還者は、二八四名でありました。墓誌には次のように刻まれています。「神のより偉大なる栄光のもとに、一九四一年から一九四五年の戦争中、ここ板屋、あるいはその付近にて逝去せる英国軍兵士を追憶して」

昭和六二年六月吉日　　　紀和町教育委員会

輝く十字架と墓に飾られた生花を見たことは恵子さんにとって神秘的な経験だった。まるで暗い森の中で宝石を見出したように興奮した。鉱山が閉山してからは町の経済が立ち行かなくなったことは知っていた。このような墓地を作ることはこの小さな町にとってどれほどの努力だっただろうか！　この鉱山を所有していた石原産業の施工であったのだろうか。例えそうであっても、仏教や神道を信じる人の多いこの村でキリスト教の墓地を作ることは住民との話し合いが必要だったことだろう。それでも異邦の地で亡くなった兵士のため、町の人たちは新しい墓地を作ることに力を尽くし、それを美しく守って来たのだ。

「墓碑に彫られた、亡くなった兵士たちの名前を声に出して読んでみました。二人の息子を持つ母親で、夫を亡くした私には、彼らの家族の悲しみや怒りがわかりました。少なくとも墓地がこのように美しく守られていることを家族に知らせたい思いに駆られました。この入鹿の地にいた元捕虜たちを見つけて、この感動を伝えたいとも願いました。ロンドンに戻って、入鹿の元捕虜を探そうとしたのですが、どうやって始めたらいいのかわからず、途方に暮れた私にできることは、『祈る』ことだけでした。神様はやがて祈りに答えてくださったのです」と恵子さんは語る。

東京在住のマーフィーという神父が、友人の神父に連れられて入鹿の英兵の記念碑を見に行ったときの感激をカトリックの雑誌に書いたところ、英国に住むジョー・カミングスという入鹿の元捕虜がその記事を読んでマーフィー神父に手紙を送った。その手紙が恵子さんの母の手に入ったのだった。恵子さんの父はかつてその土地の町会議員だったし、母は婦人会で活躍していた関係で多くの人との交流があり、人から人に渡って、ジョーの手紙が母の手元に届いたのだった。母は英語の手紙の内容こそ読めなかったが、手紙が娘の祈りに応える鍵となることを察して、恵子さんにそれを送った。

さっそくジョーと連絡がついて、それ以来蜘蛛が糸をつむぐように、イルカ・ボーイズ（筆者注—「捕虜」という呼び名はいやなので、恵子さんが「ボーイズ」と呼ぶと、その名が彼らの間で定着した）との連絡網が広がっていった。恵子さんは、彼らを日本に連れて行って、あの墓地を見てもらいたいと、言ったのだが、最初、彼らは半信半疑だった。日本という言葉は遠い過去だし、思い出したくもない人が多かったのだろう。恵子さんはそれでも諦めなかったが、目的を達するには、多くの障害を乗り越えなければならなかった。

たとえば恵子さんは、一九九一年ロンドンのバービカン・ホールで、極東捕虜協会の年次総会があるというので参加してみた。

「ホールに入った途端、非難や嘲りの罵声が私に向けて飛んできました。この老兵たちの日本人に向ける憎しみの深さに、私はショックを受けました。戦争の傷の癒しや和解を求め続けることこそが、自分が神から課せられた仕事なのだと悟りました」

彼女は、『癒しと和解の巡礼』という小さな本を書いて、元捕虜たちに読んでもらった。以前は、集まりに出かけるたびに、恵子さんを一切無視したり、怒鳴ったりしていた人たちが、彼女に話をしてくれるようになった。イルカ・ボーイズが少しずつ恵子さんに連絡をしてくれるようになった。彼女の最初の誘い、「日本に行って、イルカを訪ねましょう」というよびかけに乗り気になる人が増えてきた。忍耐と熱意がものを言い、恵子さんは、ついに彼らの心をつかんだのだ。旅行資金を調達するのはさらに困難を極めた。だが最終的には日本企業、航空会社や個人の寄付が十分に集まった。

一九九二年、日本に向けて最初の「癒しと和解の巡礼」に飛び立った。イルカ・ボーイズは、その地だけでなく日本中を旅したが、行く先々で土地の人たちから大歓迎を受けた。それで、彼らはみな日本の大ファンになって帰って行った。
それ以来、恵子さんは五〇〇人以上の元捕虜や遺族を日本に招待してきた。希望者が多くて、年に二回、行き来を繰り返すようになっていった。

一九九八年のある日、郵便箱に金色のシールの付いた手紙が入っていた。見ると、「バッキンガム・パレス」という思いもかけないアドレスからの封書だ。震える手で開封すると、なんと、エリザベス女王からOBE勲章（Officer of the Most Excellent Order of the British Empire）を授章するという手紙だった。恵子さんはOBEが何なのかも知らなかった。イルカ・ボーイズに見せると、こぞってわがことのように喜んでくれた。

恵子さんは、息子のクリスとダニエルと、訪日して帰ったばかりの元捕虜のグループといっしょに、女王とエジンバラ公爵に会った。二人はみなに親しく歓談してくださった。同じ年にはまた、訪英中の天皇・皇后にも招待され、努力を続けるようにと言葉をかけられた。

しかし天皇の訪英は元捕虜たちの怒りを再燃させた。彼らは道の両側に立って、宮殿に向かう天皇に背を向けた。礼節を重んじる国の民としては、あるまじき行為だった。その中の一人、ジャック・カプランは日章旗を焼いた。

この出来事があって数週間後、ジャックが恵子さんに電話をしてきた。
「自分のところに訪ねて来てくれないかと言うのです。自分がなぜ旗を焼いたのかを説明したいのだそうです。それでジャックを訪ねました。ジャックは車椅子に座っていましたが、『今でも収容所で受けた恐ろしい虐待を忘れることができない。今も日本への憎悪の念で燃えているんだ』と言いました。彼に謝罪したあと、二人で一日中話し続けたんです」

別れるとき、ジャックは恵子さんの次の日本の旅に参加したいと言った。医者は、車椅子のジャックは旅行には適さないと反対、両国の当局も彼の旅を許さなかった。だが恵子さんは、自分がジャックの世話をするから、と約束して当局を説き伏せた。二〇〇二年、彼は恵子さんと他の仲間といっしょに日本行きの飛行機に乗っていた。彼は日本が大好きになって帰国した。恵子さんと彼は大の仲良しになった。

恵子さんの巡礼の旅はイギリスだけにとどまらなかった。彼女はアメリカ、オーストラリアそしてシンガポールへも出かけて元捕虜たちに会い、彼らの怒りを和らげた。恵子さんは行く先々に明るい微笑みをもたらし、信仰に基づく彼女の情熱が、老兵士たちの心を溶かしていった。

10 アクティブ・ミュージアム「女たちの戦争と平和資料館」(wam)

元「慰安婦」たちの尊厳を取り返す

アクティブ・ミュージアム「女たちの戦争と平和資料館」(wam〈women's active museum on war and peace〉)は、東京・新宿にある閑静な複合ビルの二階にひっそりとあった。壁に「wam」と浮き彫りにされた三文字が、控えめにその存在を示していた。エントランスには、いわゆる「慰安婦」にされた一五五人の女性たちのポートレート写真が壁全体を覆っていた。女性たちの顔に刻まれたしわは、その年齢だけでなく、彼女たちが受けた苦痛と悲しみと恐怖と恥を物語っている。怒りと憎しみをもってこちらを睨んでいるような顔もあれば、どうしようもない悲しみを秘めた目つきで空を見つめる顔もある。

メインの展示スペースは大きな部屋で、展示壁で区切られている。各パネルは、戦争によって人生を引き裂かれてしまった彼女たちの証言で埋められている。

ここにそのうちのいくつかを紹介してみよう。(筆者注—元「慰安婦」の話は、wam カタログ5『中学生のための「慰安婦」展—すべての疑問に答えます!』〈二〇〇七年〉、wam カタログ6『ある日、日本軍がやってきた—中国・戦場での強かんと慰安所』〈二〇〇八年〉から引用、参照させていただいた。)

＊盧満妹《ルマンメイ》

私は一七歳のとき、看護婦の仕事があるからという誘いに乗って、台湾から南シナ海の海南島に連れて行かれました。兵士たちが最初に私の部屋に入ってきたときには、私はセックスのことについては何も知りませんでした。私はパニックに襲われて抵抗しました。でも兵士たちは次から次へとひっきりなしに入ってきました。一九四四年、私は妊娠して、八カ月になったとき、もう用済みで要らないということで、ようやく台湾に帰してもらえました。生まれた赤ちゃんは一カ月後に亡くなりました。それから生きていくために何でもやりました。茶摘み、建材運びから保険販売……。三八歳のときに結婚しましたが、夫は私の噂を聞いて、別の女性といっしょに逃げてしまいました。以来、私は洗濯婦をして生計を立てています。(二〇一一年死去)

＊トマサ・サリノグ

私は一九二八年、フィリピンのパナイ島のサン・ホセで生まれました。母は私を産んだあとに亡くなりましたが、父は大工で、私をかわいがってくれて、貧しいけれど平和に暮らしていました。でも一九四二年、日本軍が町に押し寄せて来ました。二人の日本兵が突然わが家に押し入って来て、私を捕まえました。私を守ろうとした父を、H大尉は軍刀で首を切って殺しました。泣き叫ぶ私は近くの日本軍駐屯地の隣の大きな家の二階に連行され、そこで父を殺したH大尉にレイプされました。私は一三歳でした。それ以降、その家に閉じ込められて、毎日兵士たちに入れ替わり犯されました。正気を失ったこともありました。父のこと、父が殺されたときのことを忘れることができず、泣いていました。

ある日、彼らが置き忘れた鍵を見つけたので、逃げ出しました。ある老夫婦が私をかくまってくれました。ところが三日目に、井戸に水を汲みにいったところで、O大佐に捕まり、彼の家に連れて行かれました。彼は「もし逃げたら殺すぞ」と脅かし、私を奴隷のように扱い、彼とその友人たちから強姦される日が日本軍撤退のときまで続きました。

戦争が終わってから、私は結婚の申し出をすべて断りました。性交渉のことを考えるだけで、背筋に恐ろしい戦慄が走りました。母が残してくれたミシンで服を縫って、養子を育てました。目が悪くなってからは、雑貨屋をやっていました。

その後日本政府を訴える裁判の原告になりましたが、東京地裁は私の訴訟に全面棄却の判決を下しました。「こんな屈辱を受けてこのまま家に帰れるか」と死にたい思いでした。二〇〇〇年に女性国際戦犯法廷が行われ、初めて正義が達成された思いで、ようやく私は自分の人間としての尊厳を取り戻したように思いました。

しかしお金をもらったところで、父を亡くした悲しみも、失った私の尊厳も償われることはない。だから私は、日本政府が設立した「女性のためのアジア平和国民基金」の償い金を受け取ることは拒否しました。でも、地主から家の立退きを迫られてから、日本の支援者の方々が建ててくれた家に住めるようになって幸いでした。女性国際戦犯法廷をテレビで見た人たちから声をかけられたこともあり、「正しいことのために自分は立ち上がったのだ」と誇らしく思います。(二〇〇七年死去)

＊李《リ》秀梅《シュウメイ》

私は、山西省盂県の北西、山間の李庄村で生まれました。そこは中国共産党の抗日根拠地に接していたので、日本軍にとっても戦略上の重要な地域で、そのため日本軍は随所に拠点や分遣隊を置きました。

私が一五歳だった一九四二年、四人の日本兵がわが家に押し入りました。彼らは私の母を殴り、床に叩きつけました。それから私を進圭社拠点(筆者注—「進圭社」とは地名で、日本軍が駐屯していた)まで引きずっていき、石造りの家の暗い部屋に監禁しました。その部屋には暖房もなく、布団もなく、食べるものといったら、一握りの雑穀を日に一度か二度与えられただけでした。

彼らは毎日毎晩私をレイプしました。赤ら顔の隊長は、特に暴力的でした。彼はベルトのバックルで私の顔を打ち、それで私は右目を失明しました。さらに軍靴で私の背中、腕、太ももを蹴り、頭を殴り、ひどく出血しました。

ようやく兄が迎えに来て家に帰ったときは、母が私を買い戻すため、死に物狂いで六百元の銀をかき集めたのに「足りない」と言われ絶望し、首を吊って死んだあとでした。（二〇一四年死去）

＊金学順《キムハクスン》

（筆者注―金学順さんは「私は『慰安婦』被害者だった」と名乗り出た最初の女性で、他の八名の被害女性とともに、日本政府に謝罪と補償を求める裁判を起こした。）


私は朝鮮の平壌で育ちました。父は私がまだ赤ん坊のときに亡くなりました。私は町の教会が運営していた無料の学校に四年間通いました。私が一四歳のとき、母は再婚しましたが、私は義父とうまくいかず、妓生《キーセン》の家へ養女に出されました。そこから、姉さん（一歳上の養女）と妓生の養成学校に入学しました。そこを一七歳で卒業しましたが、妓生になるには若すぎたので、一九四一年、義父は私たち二人を中国に連れて行きました。しかし彼は北京でスパイと疑われて日本兵に連行され、私たちは軍用トラックに載せられて遠くへ運ばれ、空き家に連れ込まれました。そこで私は無理やり服を脱がされ、処女を奪われたのです。

そこには私たちの他に三人の朝鮮人女性がいました。毎日一〇人から三〇人もの兵士が来て、私たちは性的奉仕を強制されました。少しでも抵抗しようものなら、殴られ、髪を引っ張られ、裸のまま引きずり回されました。報酬はありませんでした。

私はいつも逃げることしか頭にありませんでした。運よく、一人の朝鮮人男性が逃げる手助けをしてくれました。男はアヘンの仲買人だったと思います。私たちは中国各地を転々と移って暮らしました。やがて上海のフランス租界に落ち着き、娘と息子が生まれました。

戦後、家族は船で帰国しました。しかし不幸が次々と私たちを襲いました。娘がコレラにかかって死に、続いて夫が事故で亡くなりました。生前、夫はよく酔っぱらって、息子の前で私を罵り、私のことを、「不潔な女」とか「日本軍相手の淫売」などと呼びました。だから夫の死に対しては複雑な思いがありましたが、最愛の息子が海水浴に行って心臓麻痺で九歳で亡くなったときには、悲しさで気が違うほどでした。死にたくて、何度か薬を飲みましたが、死ねませんでした。

その後、飲酒やたばこに浸り、あちこち放浪しましたが、五〇代半ばでやっと目的のない生活から足を洗って、家政婦になりました。今は生活保護を受けています。

一九九〇年、「慰安婦を連れ歩いたのは民間業者だ」という日本政府の高官の発言をニュースで聞き、かっと激しい怒りに燃えました。なぜそんなとんでもない嘘をつくのか？

翌年、私は東京に行って、日本政府を訴える裁判を起こしました。

過去を思い出すのは苦痛です。でも歴史のために真実を語らなければなりません。同じことが二度と繰り返されないために。（一九九七年死去）

池田恵理子さん

斉藤由美子さん

wam事務所では、数人の女性たちがコンピューターに向かっていた。その中の一人、斉藤由美子さんが私を迎えてくれた。彼女は私をこの資料館に招いてくれ、私が取材した数人の元兵士も、彼女から紹介してもらったのだった。斉藤さん自身、兵士の証言を記録してこられたが、今は「慰安婦」を中心に、戦争被害者のために熱心に活動している。展示パネルを案内してくれて、壁の写真を指しながら「この方たちに直接会いました。彼女たちは、あの経験から七〇年経ってもまだトラウマに苦しんで生きておられるんです」と言われた。それから斉藤さんと私は、wam館長の池田恵理子さんの話を伺った。池田さんは長らく「慰安婦」問題に関わって来た方だった。

池田恵理子――「女たちの戦争と平和資料館」館長

私は一九七三年から三七年間、NHKで番組制作のディレクターをしていました。戦争関連の番組はいくつも作りましたが、一九九一年まで、「慰安婦」を扱ったことはありませんでした。一九三一年の満州事変から日中全面戦争、そしてアジア・太平洋戦争が終わるまで、日本軍が駐屯したアジア各地には兵士のための慰安所が至る所に設置されましたが、内地にいる国民にはそのことは秘密にされていました。そして、敗戦直前には慰安所の関連文書は焼却処分されました。しかし城田すず子の自伝(『マリヤの讃歌』日本基督教団出版局、一九七一年)や、千田夏光の著書『従軍慰安婦――〝声なき女〟八万人の告発』(双葉社、一九七三年)などによって、人々は徐々にその存在を知るようになりました。それでも日本には公娼制の長い歴史があり、女性を〝二流市民〟としてしか扱ってきませんでしたから、このような戦時中の制度が徹底的に批判されることはありませんでした。

NHKでも「慰安婦」問題は扱いにくいテーマだったようです。一九九一年六月に、戦後も沖縄に残っていた元「慰安婦」の裴奉奇《ペポンギ》さんが登場する映画を紹介する番組を私が制作したとき、それまでにNHKが放送した「慰安婦」番組を調べてみたところ、一本もありませんでした。この番組の放送から二カ月経った八月、元「慰安婦」の金学順さんが名乗り出て、一二月には日本政府を提訴しました。それに続いて、フィリピン、台湾、インドネシア、日本、オランダ、北朝鮮、中国、マレーシアからも元「慰安婦」が次々と名乗り出ました。一九九三年には、日本政府を代表して河野洋平官房長官が「慰安婦」についての強制性を認め、お詫びと反省の談話を発表しました。

当時、国際社会でも「慰安婦」制度や集団強姦など、女性に対する戦時性暴力への関心が高まり、「慰安婦」制度は重大な人権侵害だと認識されるようになりました。それで私は一九九一年から九六年までの間に、「慰安婦」関連の番組を八本作ることができました。私たち番組のスタッフは、これまで隠されてきた被害女性や目撃者の証言を取材し、資料を発掘して、「慰安婦」制度の実態を伝えていこうと懸命でした。被害女性たちの訴えに理解と共感が広がって、日本政府が彼女たちに謝罪し、賠償するようになってくれることを願っていたのです。ところが一九九七年以降は、「慰安婦」番組の提案は一本も通らなくなりました。私は外郭団体に左遷されていましたが、プロデューサーだったので番組企画は何度も提案しましたが、どれも却下されました。

なぜか？　日本社会の空気が変えられてきたのです。慰安所の実態が明らかになることを恐れた歴史修正主義者の政治家や文化人たちがグループを結成して「慰安婦」バッシングを始め、戦時の残虐行為を否定するようになりました。「慰安婦」という言葉が、中学の歴史教科書から消されていきました。ＮＨＫを含むマスメディアは、聞き取り調査や現場取材で真相を究明する代わりに、右翼からの攻撃を恐れて、「慰安婦」報道を控えるようになったのです。

その間も、「慰安婦」被害者たちは次々と日本政府を提訴し、裁判闘争を闘いました。一〇件の民事裁判のうち八件では、日本軍の「常軌を逸した卑劣な蛮行」と事実認定されましたが、最高裁までいって全てが敗訴になりました。被害女性を支援していた私たちは怒り心頭に達し、加害国の女として何をすべきか、議論しました。

ここで、すばらしい女性、松井やよりさんについてお話ししましょう。彼女は朝日新聞の記者として大活躍し、定年後は女性運動家として多くの貢献をした人でした。残念ながら六八歳という若さで他界されましたが、「慰安婦」問題では優れた功績を遺してくれました。彼女は牧師の娘として京都に生まれ、交換留学生としてアメリカやフランスの大学で学びました。ジャーナリストとしては、「知らないことは罪である」という信念をもって、公害、食品汚染、貧困、買春観光、女性差別から人権侵害にいたるまで、鋭い切り口で世論を喚起しました。

「慰安婦」について、「女性の性を組織的に搾取するのは人権の蹂躙で、戦争犯罪である」「私たちは、加害国の女として、被害女性を支援する義務があります。東京裁判では性奴隷制の問題は扱われなかったから、今度は私たちの手で民衆法廷を開き、この戦争犯罪を裁きましょう」と主張しました。

こうして松井さんは、まず日本の仲間たちの賛同を得て、アジアの被害国の当事者や支援者、法律家たちに呼びかけ、欧米の法律家や人権活動家も巻き込んで、このアイディアを実現したのです。二〇〇〇年一二月八日、「女性国際戦犯法廷」(以下、「女性法廷」)は東京で開催され、四日間続きました。

この民衆法廷は、世界中から集まった一〇〇〇人の参加者を深く感動させました。各国の法律の専門家たちが裁判官と首席検事役を務めました。その大多数は女性でした。北朝鮮と韓国を含めた九つの地域からの検察団が起訴状を提出し、「慰安婦」被害者の六四人が証言に立ちました。彼女たちはお互いの証言に立ち会い、抱き合って泣きました。トマサ・サリノグさん、盧満妹《ルマンメイ》さんもそこにおられました。

翌年一二月、オランダのハーグで下された最終判決には、昭和天皇、東条英機をはじめとする一〇人に有罪判決がおりました。民衆法廷ですから、判決は法的強制力は持たない。そのうえ被告人たちは死去していました。それでもこの判決は、性奴隷制や集団強姦などが人道に対する罪であり、戦争犯罪であるという認識を確立するのに役立ちました。日本社会ではタブーとされてきた天皇の戦争責任を明らかにしたことも重要です。

「女性法廷」は国際的な注目を集めました。世界中から九五社、二〇〇人の記者たちが集まり、各国のメディアはトップニュースで大きく取り上げました。しかし肝心の日本では、大半の新聞が数行を割いただけの消極的な扱いでした。読売新聞は一行も報道せず、産経新聞は「法廷」批判を一回書いただけでした。日本のメディアにとって「慰安婦」問題はタブーであり、正面から向き合いたくなかったのでしょう。

一方、NHKは、「女性法廷」を二〇〇一年一月三〇日、ETV2001の「問われる戦時性暴力」と題する番組で放送しました。私は個人としては「女性法廷」の主催団体・VAWW－NETジャパンに属し、実行委員の一人であり、この番組制作には関わっていませんでしたが、放送を期待して待ちました。ところがあまりにひどい番組が放送されて、茫然としました。「女性法廷」の主催団体も各国の起訴状や判決なども割愛され、多くの被害証言や元兵士の加害証言もカットされ、代わりに右翼の歴史家が法廷を批判するコメントが出てきます。スタジオのゲストの発言は乱暴な編集で支離滅裂でした。全体に「女性法廷」を否定する論調になっていたのです。

これを観て主催団体のVAWW―NETジャパンと松井やよりさんはNHKに抗議し、説明を求めましたが、誠実な回答がなかったため、NHKと制作会社を提訴しました。私も原告団の一人でした。この裁判の審理中の二〇〇五年、番組デスクだった長井暁プロデューサーが、放送直前に政治介入があって番組が改竄されたことを内部告発しました。法廷での証言も行われました。政治家たちも、呼び出されたNHK幹部もこの政治介入を否定しましたが、東京高裁の判決では政治介入が認められ、NHKは「編集権を放棄したに等しい」として、原告勝訴の判決が下ったのです。政治介入をした政治家の中心にいたのは、のちに首相となる安倍晋三議員でした。最高裁では原告は敗訴しましたが、裁判の過程で政治家の圧力による露骨な番組改竄の事実が明らかになるのは極めて稀で、歴史に残る重大な事件になりました。

ところが「女性法廷」でもNHK裁判でも中心にいた松井やよりさんは、二〇〇二年一〇月に肝臓癌を告知され、その二カ月半後に亡くなりました。彼女は亡くなるまでの短い時間を wam 創立のために費やしました。wam は、彼女の遺産と市民からの寄付によって、二〇〇五年に開館しました。

私は wam の建設委員長を務め、開館後には運営委員長となり、二〇一〇年にNHKを退職してからは館長に就任しました。資料館では毎年特別展を企画して、関連の講演会や証言集会、セミナー、ビデオ上映会などを行っています。特別展で制作したパネルはそれぞれの国の言語に翻訳して、中国各地の都市や東ティモールなどで巡回展を開いています。並行して「慰安婦」調査や資料発掘、連帯活動も行ってきました。二〇一五年からの一年間はインドネシア展を開催中です。

私は朝鮮戦争が始まった一九五〇年に生まれました。子ども時代から本の虫で、小説なども書いていたのですが、高校時代にベトナム戦争がきっかけで政治に興味を持つようになり、早稲田大学で政治学を学んだあと、NHKのディレクターになりました。同期のディレクターや記者のうち女性は三人だけで、私は「きょうの料理」の担当になりました。

その出発点から、「慰安婦」の番組に至る距離は長かったけれど、子どもの頃から戦争には関心を持っていました。母は東京大空襲の生き残りで、父は中国の杭州へへ出征していたのです。父の戦場体験は何度か聞き取ってきましたが、「輜重隊《しちょうたい》で輸送をやっていた」と言うくらいで、戦場での苦労や戦友の死などは話してくれましたが、住民虐殺や強姦などの加害については全く語ってくれませんでした。それでも私は日本兵の娘として戦後責任があると思い、九〇年代後半から中国・山西省の性暴力被害者の支援活動を続けています。

私は一人暮らしで仕事に専念してきました。自転車で通えるところにあった実家の両親の介護を担ってきましたが、先に母が亡くなり、父も九六歳で亡くなりました。一度結婚していますが、別居生活が長く、夫は「クリスチャンだから」と言って離婚を拒否し、離婚が成立するまでに二〇年以上かかりました。その元夫も亡くなりました。

私には、まだまだやるべきことがたくさんあります。これまで日本政府は、高齢となった被害女性たちから「慰安婦」問題の解決を求められても正面から向き合うことなく、「法的責任はない」「二国間条約で解決済み」と繰り返してきました。証拠となる文書はすでに多数発見されて出版されているにもかかわらず（吉見義明『従軍慰安婦』〈岩波新書、一九九五年〉、吉見義明編・解説『従軍慰安婦資料集』〈大月書店、一九九二年〉ほか）、安倍首相は「慰安婦」を強制連行した証拠はないと主張してきました。そして二〇一四年八月、朝日新聞が、「慰安婦」をめぐるこれまでの報道に一部誤りがあったと発表すると、歴史修正主義者たちは鬼の首でも取ったように、「慰安婦」の存在まで否定し始めました。

ですから安倍首相は「河野談話」を何とか打ち消したいと切望してきましたが、二〇一五年の夏、国内外からの批判に耐えきれず、曖昧かつ無内容な「戦後70年・安倍談話」を出してしまいました。そして二〇一五年一二月二八日にはソウルで開いた日韓外相会談で、「慰安婦」問題解決が合意に至ったと発表しました。しかしこれは安全保障政策を重視する米国の圧力のもと、被害者の声を聞くこともなく、言葉のうえでは「日本政府は責任を痛感している」「心からおわびと反省の気持ちを表明する」と言いながら、ソウルの日本大使館前の少女像の撤去を前提に日本政府が一〇億円を拠出することで、日韓の政治的「妥結」を図ったものでした。しかもこの「妥結」は「最終的かつ不可逆的」であるとして、今後、むしかえさないことを韓国政府に約束させています。ところが、一〇億円を「口封じ金」のように使って理不尽な要求を韓国に認めさせた「妥結」を、日本のメディアの多くは「歴史的合意」「これで一件落着」と評価しました。なんということでしょう。

被害女性たちは日本政府に対して、慰安所は日本軍が立案・管理・運営したもので、女性たちは意に反して連行され、強制的に性行為を強要されており、女性の人権を侵害する戦争犯罪だったことを認め、正式に謝罪し、その証として賠償をすることを求めてきました。同時に、被害実態の真相究明や次世代への教育、日本の責任を否定する公人の発言への反駁などの要求もあげています。日本政府が真に「責任を痛感している」なら、これらのひとつひとつに真摯に取り組むべきです。韓国に「少女像の撤去」だの、「ユネスコ記憶遺産への登録の断念」などを求めるなど、もってのほかです。被害女性たちは激怒し、悲しみにくれています。このままでは「和解」どころか、日韓の対立は深まるばかりでしょう。

私たちは、過酷な人生を強いられてきた被害女性たちが、「慰安婦」問題解決に向けた歩みを確認しつつ心安らかに残りの人生を全うできるよう、日本政府に向けて「責任を痛感しているなら、きっちりと責任をとるべし」と働きかけていくしかありません。アジア各国の被害女性たちも、今回の日韓「妥結」の成り行きをじっと見守っています。彼女たちもまた、日本政府による被害回復の措置を待ち続けているのです。

wam には、国内外のジャーナリスト、学生をはじめ多くの市民が、戦時性暴力を知るために来館します。「慰安婦」制度の実態を知らない日本人もたくさんいます。学校はそれを教えないし、メディアは報道を控え、ネットには歴史修正主義による捏造や歪曲情報が溢れかえっているからです。wam は、できる限り歴史の真実を知ってもらおうと努力してきましたし、これからも続けていきます。

歴史の証人である「慰安婦」被害者たちは高齢となり、どんどん亡くなられています。この闘いは、時間との競争でもあるのです。

wam は二〇〇七年に〝カトリックのノーベル賞〟と言われる「パックス・クリスティ平和賞」を、二〇一三年には、日本平和学会の「平和賞」を受賞した。

11　憲兵だった父の遺したもの

二〇一二年四月、私は倉橋綾子さんという女性から手紙をいただいた。手紙によると綾子さんのお父様は一〇年間陸軍憲兵として中国に勤務していた。死の床で、お父様は中国の人々への謝罪の言葉を墓に刻み込んで欲しいと遺言を残した。綾子さんは、一二年をかけて、その遺言を実行し、そのあと父が駐在していた中国の村へ行って、そこの住民たちに謝罪をした。

二〇一三年の一〇月、私は日本で綾子さんにお会いした。控えめで穏やかだが、何か内に秘めた叡智と暖かさを感じさせる方だった。彼女は長い物語を聞かせてくださった。

父の遺言

一九八六年三月、私の父、大沢雄吉は重い病気を患っていて、もう長くはない状態でした。私は東京で中学校の教師をしていて、父のいた群馬県の病院との間を行ったり来たりしていました。ある日、父は震える腕を伸ばし、枕元から小さい紙切れを取り出しました。それを私に手渡して、か弱い声でこう言いました。

「おれが死んだら、この言葉をおれの墓に彫りつけてくれ。頼んだぞ」

父の状態の悪化に気を取られ、私はその文章を一通り読んだだけでした。「うん、いいよ」と言うと、父は安心した様子で、うとうとと眠り込みました。それから四日後に父は亡くなりました。七一歳でした。

のちに紙片に書かれたその遺言を読み返してみると、それにはこう書いてありました。

旧軍隊勤務一二年八か月、その間十年、在中国陸軍下級幹部(元憲兵准尉)として、天津、北京、山西省、臨分、運城、旧満州、東寧などの憲兵隊に勤務。侵略戦争に参加。中国人民に対し為したる行為は申し訳なく、ひたすらお詫びもうしあげます。

兄と伯父も、同様の遺言を父から受け取っていたことを知りました。「この遺言、どうするつもり?」と兄に聞くと、「おれも子どもたちも父さんと同じ墓に入る。お前はその墓に入らないからかまわないだろうが、おれたちが中国に悪いことをしたわけじゃないから、いい気がしない」、「じゃあ、どうすればいいの? 父さんの望みを叶えてあげなくていいの?」と、私は聞きました。「もういいじゃないか」と兄はいらいらして声を張り上げました。「伯父さんとおれでもう決めた。

村にいる他の年寄りや復員兵たちは戦争のことには口をつぐんでいる。父さんの墓に中国での悪事を刻み込んだら、永久に消えない傷痕を残すことになる」。

兄はこれ以上の話し合いを拒みました。私は兄の立場に立って考えました。兄は父の洋品店を継いだので、店の評判を維持しなければならない。兄の言うことにも一理ありました。他人の問題に大騒ぎする田舎の村では、墓碑に刻まれた異色の遺言は受け入れられないかもしれない。特に年輩の復員兵たちは気に入らないでしょう。この件はこれで打ち切りで、これ以上この話題は持ち出せないような気がしました。

四年後の一九九〇年、私は教師を退職しました。他にやりたいことがあったからです。

すると果たせていなかった父の遺志のことを突然思い出し、それが頭から離れなくなりました。真面目な顔をしながら冗談を言っていた父が人知れず悩み、その苦悩を遺言に残したことは私にとって驚きでした。子どもだった頃、よく夜中に父のうなされる声で目を覚ましました。そのたびに母は「また中国の夢だよ」と言いました。でも父が中国で何をしたのか、悪夢を見るほどの何をしたのか、私は尋ねたことはありませんでした。今は父に尋ねなかったことを後悔しています。

私は家族のだれよりも父のことを理解していると思っていましたが、そうではなかったかもしれません。いったい私は父のことをどれほど知っていたのでしょうか？

父は一九一五年に生まれました。貧しい農家の三男で、中学校さえ行っていません。父は当時給料のよかった憲兵の試験を受けて合格し、中国へ赴任しました。そして同じく家族を支えるために従軍看護婦として中国へ渡った母と結婚しました。日本の敗戦直前、母は私の一番上の兄を連れて日本に戻りましたが、父は中国で捕えられ、シベリアへ送られそうになり、なんとかそこを抜け出しました。死にもの狂いの逃亡の途中、朝鮮でまた捕えられたのですが、再び脱走し、一年後に骨と皮だけのぼろぼろの姿で家に帰ってきました。

父は故郷の目抜き通りのはずれに洋品店を開きました。父は働き者で店は繁盛しました。地元の商工会を立ち上げ、会長を長年務めました。父は、社交の場では冗談を言い、政治に関する討論を好みましたが、家庭では争いが絶えませんでした。両親の関係はうまくいっていなかった。母は美人で、だれか他の人に心を奪われていたようです。家を出てしばらく帰ってこなかったこともありました。その分、父は子どもの教育に情熱を注ぎました。私の二人の兄は父のスパルタ教育に反発し、反抗的になりましたが、私は学校が好きで成績も良く、父のお気に入りの子どもでした。

父は戦争中の体験について決して話しませんでしたが、私を膝に乗せ、中国語をいくつか教えてくれたり、冬の満州でどんなふうに鼻が凍ったか話してくれたりしました。私が大きくなるにつれて、自分の好きな映画や小説を私に見せたり読ませたりしました。そのほとんどが戦争の話で、そこから私は戦争に対して決定的な嫌悪感を抱くようになりました。

父は天皇に対して厳しい言葉で非難していました。天皇への奉公として、父は一〇年間を中国で過ごしたのに、天皇は国民に対し謝罪の言葉は述べませんでした。人々がそれほど簡単に天皇は神だと信じ込まされていたとは、現代に生きる私には想像しがたいことでした。しかし真実を突き止めることが私の責任です。父が罪のない中国の人たちを傷つけたなら、謝罪するのが私の務めなのです。

もっと父のことを知りたいと、私は東京に住んでいた父の兄を訪ねました。父とは違い、伯父は優しい心を持った人でした。伯父は父と同じく憲兵になり中国へ赴任しましたが、残虐行為が嫌で憲兵を辞める決心をし、どうにかして辞めました。伯父は、父が中国でやったことを教えてくれませんでした。他の親戚も訪ねましたが、彼らも何も話してはくれませんでした。

その頃、私は、中国の戦犯管理所から戻り、「中国帰還者連絡会（中帰連）」という組織を作った元戦争犯罪人たちの話を読みました。この組織のことはご存知ですよね？　私は中帰連の会合に行き、強い印象を受け、会員の一人である元憲兵の土屋芳雄さん（一五六ページ参照）に連絡を取りました。土屋さんは彼が処刑した中国人ゲリラの遺族を訪ねて床にひざまずき、涙を流して謝罪しました。

私は父の足跡をたどることにしました。父が所属していた東寧憲兵隊の石門子分遣隊の元隊長を訪ねて名古屋に行きました。東寧は旧ソ連と北朝鮮が交わる国境の町です。元隊長は、彼の分隊の主な任務はソ連の機密情報収集だったと言いました。隊長は父のことはあまり話しませんでした。隊長の奥さんは、初夏になるとその谷が一面鈴蘭の花で覆われたことや、憲兵隊の官舎では皆仲良く暮らしていたと、懐かしそうに話しました。

父の遺志を叶える

私は精神医学者の野田正彰教授とお会いする幸運に恵まれました。それは野田教授が戦後世代にインタビューするというNHKが企画した番組でのことでした。戦後世代の一人として、父の遺言のことを話してほしいと野田教授から言われたのです。その番組の中で、野田教授はこう訊ねました。

「お父さんの遺言を叶えることにあなたの親戚が反対し、あなたはその決定に従った。これは日本人の妥協の仕方でしょう。でも、お父さんへの尊敬の念と彼の望みを叶えたいと願うあなたの気持ちは、家族の決定より勝るのではないですか？」

私は野田教授の言葉に衝撃を受けました。そのときまで、私は遺言を父個人の視点から考えていませんでした。また、野田教授はこのように言われました。

「お父さんは強制された戦争ではなく、彼自身が戦った戦争と捉えたのではないですか？　お父さんは一人の人間として責任を全うしたということです」

考えてみると野田教授の言う通りです。遺言の中で、父は集団として謝罪していません。父は「中国の人たちに対して〈私〉が行った行為」について謝ったのです。何といっても父は職業軍人の道を選び、人を殺すように訓練されたのです。私は「個人としての」父を尊重すべきであり、たとえ家族の意に反してでも父の遺志を叶えるべきなのです。

ドキュメンタリー番組が放送されたとき、何人かの知り合いが電話してきました。そのうちの一人は、「子どもの頃、私たちは東京大空襲で焼け出された。私たち家族は何も悪いことをしてないのに。私たちは戦争の被害者だ。あなたは罪悪感を感じる必要はない。これは天皇と戦時中の指導者たちの責任だよ」と言いました。この知り合いは平和運動に関わり、その活動に情熱を注いでいます。私たちの考えには共通する点がたくさんありますが、彼は日本が他国を侵略したことを軽視しているようでした。

その二年前に私の兄が突然亡くなりました。心臓病の悪化と仕事上の問題が原因で自ら命を絶ったのです。それは私にとって大変ショックな出来事でした。私は毎朝線香をたき、お経を読みました。私は悲しみにくれていました。

それでも私は前に進まねばなりません。私は自分で父の遺志に向き合うことにしました。嬉しい驚きがありました。兄の家族が私の頼みを受け入れ、父の遺志を実行してもいいと言ってくれたのです。兄の家を継いだ甥のMに手紙を書いたとき、甥は「おじいちゃんへの約束を果たしたいなら、碑文のこと、進めていいよ」と言ってくれました。Mは同意した理由を二つ挙げました。一つには祖父が中国の人々に謝罪したことは良いことだということ、二つ目は「もし自分も父親の遺志を果たせなかったら、つらいだろうから」という理由でした。兄の自殺で、MとMの家族は悲しみに包まれました。家族を失うという体験をしたゆえに、Mは私の気持ちをわかってくれました。

私はMと石工を墓に連れて行きました。私たちの予算はわずかでしたが、たとえ予算を超えても、

父の謝罪の碑

きちんとしたものが欲しかったのです。私たちは一メートルちょっとの黒い御影石を選びました。数カ月後に墓碑は完成しました。秋の太陽の下、その墓碑は静かに立っていました。私は石を撫でながら「父さん、よかったね。喜んでくれるかな」とささやきました。ただの石ですが、言葉が刻まれて、父にふさわしい威厳で輝いていました。私は父の遺志をついに叶えたことを誇りに思いました。

「戦争責任」をどう受け継ぐか

父の望みを叶えるのに一二年もかかりましたが、父が謝罪するほどのことをしたという事実を受け入れるためには、それだけの時間が必要だったのです。私は戦争について調べ、憲兵隊について書かれた本を読み、講義や会合に出席し、カウンセリングを受けました。また、父が中国で行ったと思われることを想像し、それを題材にした三つの小説を書きました。

三つ目の小説を書き始めたとき、たまたま漫画で憲兵の話を読みました。憲兵の顔は憎々しげで、その行為は鬼畜の所業でした。その絵をじっと見たとたん、父はりっぱな人だと固く信じていた私の思いは粉々に砕かれました。父は他の憲兵たちがしたように、中国人を拷問して殺したにちがいない。気がつくと私は泣いていましたが、涙は私が抱いていたたくさんの幻想を洗い流しました。そしてやっと実感が湧いてきました。私は現実を直視して、三つ目の小説を書きました。それでも書いていると涙が出てきましたが。

ある友人が私に言ったことがあります。「私の父は兵隊だったけど、すごくいい人だった。父が恐ろしいことをしたなんて想像できない」。私も前はそう思っていました。でもどんなにいい人でも、状況次第では恐ろしいことができるのです。

多くの人は自分の父親が何をしたか追及したくないのです。わざわざことをかき乱すようなことはしたくないですからね。でも父親のしたことを知ることは、父親の世代がアジア諸国に与えたひどい苦しみに対し、一部の責任を負うということなのです。

一九九〇年代、旧日本軍の性奴隷として働かされていた韓国の女性たちが勇気を出して名乗り出ました。日本人は戦時中の出来事についてより意識するようになりました。

私はある元「慰安婦」の話を聞きに行って、美しい日本語で話す彼女の証言に心を奪われました。その後こうした会によく参加しました。「慰安婦」の一部の人たちは偽名で名乗りでていることに気づきました。韓国社会にはまだ儒教倫理が残っていて、身元が明らかになると彼女自身だけでなく家族や親戚にも被害が及ぶのです。いったいどれほど多くの女性たちが沈黙の中で苦しんだでしょう? 彼女たちに対して何もしないのは恥ずかしいことです。

私は被害者だけでなく元加害者にも会いました。戦争で行ったことを悔いている多くの高齢男性が社会運動に関わっていることを知りました。友人たちと「手をつなぐ戦後世代の会」という小さな会を結成して、話し手を招いて話を聞いたり、集まって話し合ったりしました。

中国の旅

私は「ノーモア南京の会」の会合で、キリスト教徒の野崎忠雄さんという方に会いました。野崎さんは、彼が参加した中国への団体ツアーのことを熱心に語り、翌年、私も参加したらどうかと勧めてくださいました。

こうして私はそのツアーに参加し、中国を訪問しました。いっしょに行ったのは「日中協会」と「南京大虐殺被害者追悼植樹訪中団」の方々でした。一九八六年以来、彼らは南京を訪れ、悔恨の念を示すための植樹活動を行っています。三二人の会員の方々はみな親切で、すぐに友達になりました。

南京大虐殺記念館には、大きなガラスの建物の中におびただしい数の人骨が積み上げられていました。口を開けているものや苦痛に体をよじっているものもありました。ある遺骨のそばに小さな遺骨がありました。親子かもしれません。ここは南京に一〇カ所以上ある虐殺現場の一つだと知りました。

日本に戻ってまもなく、野田教授が書かれた『戦争と罪責』（岩波書店、一九九八年）の翻訳が中国で出版された機会に私もいっしょに行って、北京で父の思い出を話して欲しいと言われました。この二度目の中国への旅が、三度目の訪問の機会へとつながったのです。シンポジウムでの夕食の席で、たまたまフリージャーナリストの班忠義さんの隣に座りました。おしゃべりの途中、私は父の最後の任地が東寧近くの石門子だったという話をしました。すると班さんは興奮して、「この秋に石門子に住む、元『慰安婦』の老婦人を訪ねる予定なんですよ。いっしょに行きませんか？」と言ったのです。

私は椅子から飛び上がりそうになって「ぜひお願いします」と言いました。そう言ったものの、あとになって不安になってきました。考えてみれば、私たちは全く知らない者同士です。班さんは、本を書いたり、ドキュメンタリー映画を作る人だということしか知りません。彼は私について、父の墓碑のこと以外は全く知りません。班さんは「中国人元『慰安婦』を支援する会」という日本の草の根運動グループを作り、中国じゅうに出向いて元「慰安婦」たちの世話をしていることを、あとで知りました。班さんはいい人に違いありません。

私はリュックを背負って北京へ飛びました。班さんは別の便で向かうということなので、新婚早々の班さんのかわいい奥さん、敬子さんがいっしょでした。私たちは北京にある小さな家族経営のホテルに滞在し、次の日の夜、班さんと落ち合いました。翌日私たちは雨の中、ハルビンへ飛びました。ハルビンから八時間、北朝鮮との国境近くのさびれた街、東寧に到着。夕食にはびっくりする量の唐辛子をふりかけた朝鮮の冷麺を食べました。

翌日はまた冷たい雨。一時間ほどタクシーに乗って、ようやく朝鮮人女性の李鳳雲さんが住む集落に着きました。数年前に鳳雲さんが病気を患ったとき、班さんが入院の手配をしました。それ以来、鳳雲さんは班さんの訪問を待ち続けていました。

戦争中、鳳雲さんは日本軍により朝鮮から石門子に連れてこられ、「慰安婦」として働かされました。戦争が終わると、鳳雲さんはそこに置き去りにされました。中国人と結婚はしたが、子どもを産むことができず、それが理由で夫はたびたび鳳雲さんに暴力を振るいました。夫の死後、鳳雲さんは親切な親戚に引き取られました。

私たちは村の食堂で鳳雲さんといっしょに昼食を食べました。鳳雲さんは班さんと会えてうれしくて、食事にほとんど手をつけません。班さんが「さあ、李さん、何か食べて」と言って、自分の箸で食べ物をとって鳳雲さんのお皿に乗せました。

昼食が終わる頃、突然鳳雲さんが泣き出して言いました。「長い間、私は犬のように扱われていた。でも中国の人たちは私の面倒を見てくれ、敬老院にまで入れてくれました。私はお礼をしたくても年を取りすぎて働くこともできないし、何の役にも立たないのです」。

鳳雲さんの隣に座っていた私は、彼女の肩に腕を回してしっかり抱きしめました。

次に高安村に行って、もう一人の元「慰安婦」の李光子さんを訪ねました。彼女は班さんのことを覚えていないようでした。班さんが私の訪問の目的を説明している間、光子さんはただ私を見つめていました。私は加害者の娘だから、温かく歓迎されるとは思っていなかったけれど、彼女の冷たい目つきには震え上がる思いがしました。これが日本人に人生を破壊された女性の姿なのです。やっと班さんのことを思い出したのか、急に光子さんは笑顔になりました。班さんが私のことを話すと彼女はうなずきました。別れるときには抱き合って、彼女の幸せを祈りました。

父が勤務した地

翌日再び雨の中をさらに南へドライブ。道は濁流でも、運転手さんはがんばり続け、ようやく両親が戦争中の最後の二年半を過ごした石門子に着きました。

班さんは村の長老である八一歳の郭慶士さんの家を訪ねて私を紹介し、なぜ私がここに来たかを話しました。郭さんは近所の人たちを集めてくれました。

私は憲兵の制服を着た父の写真を見せました。もしだれかが父を知っていると言ったら、どんなに嬉しかったことでしょう。でも父が彼らや彼らの家族に対して行った恐ろしい行為について聞かされたら、私は耐えられるでしょうか？　いずれにせよ私は父の謝罪を伝えるためにここに来たのです。これは父の願いを現実にする、唯一の機会なのです。

村の人々はいろいろ話してくれましたが、父のことを覚えている人はだれもいませんでした。話す途中で憲兵隊に殺された家族や友人の名前が挙がってきました。この場所はソ連の国境に近いので、多くの人がソ連のスパイと疑われたのです。

「でもBさんを覚えているかい？　彼はとても親切な憲兵だったよな」と、ある男性が言いました。「おれが身分証を忘れたとき、Bさんはすぐ通してくれたよ」「うん、Bさんは兵舎にいるより、村でおれたちといっしょにいたよ」。

私はBさんが父のことだといいのにと思いました。私は何度も父の名前を繰り返し、父の写真を見せました。彼らが頭を振るとがっかりしました。

村の人々は、「隊長は嫌な人だったな」と口々に言いました。ある男性は「あいつは理由もないのに私を何度も殴ったんだ」と言いました。私がその隊長は九一歳でまだ名古屋に住んでいると伝えると、ある男性は舌打ちし、他の人たちは罵りました。

私が父の墓碑の写真を取り出して彼らに見せました。「私はみなさんに謝ります。班さん、ありがとう。私はここに来てようやく父の謝罪を伝えることができて嬉しいです」。私は感情を抑えきれず泣いてしまいました。

みんなが私をなぐさめてくれました。「遠くからわざわざ来てくれてありがとう。お父さんはあなたのようないい娘さんを持って幸せだね」「お父さんが悪いんじゃない。戦争を指導した人が悪いんだよ」。

どうして中国の人たちはこんなに温かく親切なのでしょう？

私たちは郭さんと近所の人たちに別れを告げ、それから軍の兵舎があった場所を訪ねました。そこには川を見下ろす小さな丘があるだけでした。かつて父が駐在していた憲兵分隊の建物は小学校として使われていました。

Oさんという若い男性が私たちを迎えに来てくれ、彼の車に乗り込みました。これから遠い家路につくのです。車の中で、私はもうここに来ることはないだろうと考えたら、急に引き返したくなりました。郭さんが父を知っているのではないかと私は感じていたのですが、口には出せなかったのです。郭さんは他の四人の憲兵のことをよく覚えていました。ですから父を知らないとは考えにくかったのです。父は二年半もそこに滞在し、郭さんは将校たちがよく出入りしていたレストランのコックをしていたのです。郭さんは父のことを悪く言いたくなくて、覚えていないふりをしたのかもしれません。

村の人たちはBさんが親切だったと言っていましたが、そのBさんが父ではないとわかったとき、私はがっかりしました。その気持ちは私の顔に表れていたでしょう。郭さんは私の様子を見て、父を知っていると言いたくなかったのです。父は後悔の念にかられるほど悪いことをしたからこそ、それで謝罪の言葉を書いたのではないでしょうか。

私はできればもう一度郭さんに会ってそのことを確かめたかったのですが、Oさんに石門子に引き返してと頼む言葉をぐっとこらえました。

私は父が憲兵としてどんなことをしたか知ることはできませんでした。しかしこの中国への旅で一番嬉しかったことは、たくさんの人、特につらい戦争を体験したにもかかわらず、私に親切に話してくださった人たちと会えたことでした。

帰る途中、車の窓から再び田んぼや大豆畑、雑草や木が生い茂るだけの、この人里離れた地が見えました。この地域が軍事的に重要だったのは、ここが中国、旧ソ連、朝鮮の国境が重なる場所だったからにすぎません。

一九四五年八月八日の真夜中に、ソ連の第一極東戦線の大軍が攻めてきました。父は命令に従ってこの地に留まったものの、そこから脱走し、一年後に家に戻ってきました。でも亡くなる日まで罪悪感を抱き続けていたのです。

数十年経った今、人々が流した血や涙は木や植物に吸い取られ、この地は少なくとも平和そうに見えました。

日本社会に「つまずきの石」を刻む

――「あとがき」にかえて

故国を遠く離れていても、日本でいいニュースがあると心が踊る。安全保障関連法案に反対するデモで、国会議事堂前や周辺が黒山の人で埋められた写真を見たときがそうだった。いつもは政治には無関心な人たちまでが、憲法の不戦の誓いを守るために立ち上がった。九条が戦後アメリカ人から与えられたものだったとしても、日本人の心に根付いて息づき、今やこの国が命にかけても守る貴重な宝になっているのだ。

たまたま読んだシールズの一人、本間信和さんのスピーチは感動的だった。「勉強を進める中で、自分が過去からあるおおきな啓発を享受していることに気がつかされました。それは何か？『平和』です。お金でも武力でもなく、この国の一番の宝は『平和』です。……それを支えていたのは、間違いなくこの国の憲法、日本国憲法の文言と理念です」(http://iwj.co.jp/wj/open/archives/264579)。

老婆心ながら、ただひとつ、この平和への願望が、日本の安寧を守る望みだけに留まらないように、と願う。人々が法案に反対したのは、歴史を直視したためであろう。したがって、単に、他国のトラブルの折に日本人が命を失うことにならないように、という利己的な考えのみから発したのだとは思いたくない。たとえ発端がそうだったとしても、将来、日本人は武器の代わりに平和的な方法で国際的な貢献をしてくれるだろうと希望している。

元兵士たちを取材した結果、彼らが送られた戦場がどこであれ、彼らの経験には共通項があることが明らかになった。

「日本がなぜ負けたかわかるだろ」と金子安次さん（第1章）は言われた。「日本軍は命を大事にしなかったんだよ、自国の兵士をも含めて」。

そのことこそ、元兵士たちの物語に織り込まれた共通の糸だった。子どもや親きょうだいを愛し、良識ある社会人が、戦場でなぜ残忍な鬼になったのかという私の問いに対しては、敵国人も自国の兵も含めて、軍が人権を尊重せず、人命を徹底的に軽んじたからだ、という答えが返ってきた。

人命を尊重するジュネーヴ条約やハーグ条約を守っていたなら、敵とはいえ、中国で農民たちを銃剣による刺突訓練に使うことはしなかっただろうし、フィリピンの市民やアメリカ人捕虜に、バターン死の行進を歩かせたとき、もう少し人間的な配慮をしたであろう。ドイツやイタリアで捕虜になった連合軍捕虜たちの死亡率は三〜四％パーセントであったのに、日本軍の捕虜の場合は二七パーセントが死んでいる。

軍事訓練は、兵士の人間性を圧殺して、情け容赦なく人を殺せる戦士を作る場所だった。新兵たちは、肉体的・精神的な苦痛を与えられ、脅されて殺人機械と化した。金子さんが言われた通り、これが、良識ある社会人を残忍な鬼にした一つの理由であろう。それとともに、当時の日本人は中国人を蔑視する教育に洗脳されていたからでもある。

なお、全ての原稿を読んだ高文研の編集者から、日本では欧米諸国に比べて、「良心的兵役拒否者」が皆無といってよいほど出ていないとの指摘があった。この体制順応の傾向も一つの要素であったであろう。

日本軍が人の命を重んじたなら、自国の兵士たちの命を特攻兵器で犠牲にすることを考えただろうか。莫大な数の少年兵を募集して戦場に送り、その命を使い捨てたりしただろうか。「生きて虜囚の辱を受けず」という狂信的な道徳律を強いたのも、人命より、「恥」という体裁を重んじたからではないのか。

食糧・医薬の補給路が確保されていないのに、太平洋の果て、北はアリューシャン列島から南はソロモン諸島、ニューギニアにまで何万人もの兵士が送り込まれた。戦争末期の一年に亡くなった日本兵の六〇パーセントは、敵の攻撃ではなく、飢餓と疾病で死んだという。人命を最優先課題と考えていたら避けられたことに、あまりにも多くの命が失われた。

しかし「逆は必ずしも真ならず」で、単に人命や人権が尊重された組織であれば非人道的な行いは避けられるというつもりはない。例えば、米軍は、日本本土の空襲の際、飛行機が不時着する場合に備えて、救助にあたる艦艇を配置したと言われている。自国の兵士の命は最大限尊重しながら、日本各地を無差別爆撃し、広島・長崎に原爆を投下している。

いかなる戦争も、「戦争」の名において敵を殺すことは勝利につながるのだ。日本の場合、特別だったことは自国民の命を軽んじたことだ。一〇〇〇年もの間、人生の無常が日本文学の主題だった。命は桜の花びらか、または「行く川の流れに浮かぶうたかた」のようにはかないものだから、指導者たちはこれらの常套文句を使って天皇のために喜んで死ね、と兵士たちを鼓舞した。

東条英機首相は、明治神宮に集う数千の学徒の出陣壮行会で次のように語った。「諸君の燃え上がる魂、その若き肉体、その清新なる血潮、総て是れ御国の大御宝なのである。この一切を大君の御為に捧げたてまつるは、皇国に生を享けたる諸君の進むべき只一つの途である」(『新編　検証陸軍学徒兵の資料』学徒兵懇話会、二〇〇〇年、参照)。

ペリーの来航以来、日本人は西欧に追いつこうと馬車馬のように働き、短期間でそれを成し遂げたかに見えた。しかし、西欧人が数世紀をかけて獲得した個人の人権を重んじる民主主義の基本認識が、借り物であった日本の社会で熟することはなかった。国がアジア征服という壮大な夢の実現を図ったとき、この借り物の概念は、個人の命を大事にするためのなんのブレーキの役割も果たさなかった。

日本人が安全保障関連法案反対のデモに立ち上がったのと同じ頃、ヨーロッパは、シリアその他の国から押し寄せる膨大な難民の波の受け容れに対処していた。彼らを受けつけたがらない国が多い中で、ドイツが圧倒的に寛容に彼らを受容していた。経済大国だし、若い難民たちは労働力として使えるという考えもあったのだろう。それでもボランティアたちが、疲れきった人々に、笑顔で温かい声をかけ、スープを鍋から掬って、一人ひとりに渡しているニュースを見て、頭が下がる思

つまずきの石

いがした。二〇一五年末までに、およそ一〇〇万人の難民を受け入れたドイツは、すでにその経済的負担と社会問題に悩み始め、難民問題に寛大な方針を取ってきたメルケル首相に対する批判が厳しい。行く手は楽ではないだろうが、ドイツ人が遠くから来た難民を親切に受け容れようとする態度を見たとき、彼らはホロコーストと戦争の歴史から何か大事なものを学んだのではないかということを強く感じさせられた。

私は最近ベルリンに旅をした。この本のプロジェクトを始めてから、イアン・ブルマの『戦争の記憶—日本人とドイツ人』（ちくま学芸文庫、二〇〇三年）という本を読んで、どうしてもドイツに行きたくなったのだ。それはドイツ人と日本人がどのように違った戦争処理をしたか、それが各々の国にどのような違いをもたらしたか、について比べた本だった。ユダヤ人である夫はそれまでドイツに行くことを拒否していたので、彼を説き伏せるにはかなり時間がかかった。

ベルリンでまず気がついたことは、ホロコーストの爪あとが、町のいたるところに残されていることだった。ホテルの近くの町角の家の前には、いくつかの小さな真鍮の玉石が歩道にはめこんであった。その一つには「マックス・ケスラー。一九四二年に強制連行され、アウシュヴィッツで死」と彫られている。他の三つの銘には彼の妻と二人の子どもの名前、生年、死亡年が刻み込まれていた。突然、私の立つ地点の目の前に、若い家

殺されたユダヤ人のための記念碑

族が家から連れ出されて行く姿が浮かび上がった。これらの銘は「Stolperstein（つまずきの石）」といって、犠牲者の家の前に埋められている。グンター・デムニグという人によって始められた企画で、ドイツばかりか、その近辺には何万個のこうした銘が道端に埋められているという。

ベルリンには他にも、ホロコーストの記念碑や記念館が、いたるところにある。

「殺されたユダヤ人のための記念碑」は数千の棺の形をしたコンクリートの碑で、町の中心地に延々と墓地のように広がっている。その地下に下りれば、死を前にして家族に書いた愛情したたる父親の手紙や、生きることを愛したのに、なぜ死ななければならないのかと問う少年のノートなど、数々の展示があって、涙なしには読むことができない。

この記念碑は、一女性が仲間を誘って始めたアイディアを、西ドイツ連邦議会が国の企画に取り上げて建てられた。市民の中の反対も押し切って、自国が犯した最大の罪のシンボルを町の中央に永久に据えつけたことは、ドイツ人の過去の罪に対する思いの深さを表すものであるが、なんと勇気のある決断だっただろうか。

もうひとつ、ホロコーストの惨劇を語ってくれるのは「ユダヤ人ミュージアム」である。建物そのものが怒りと悲しみを象徴するかのように曲折し、壁や窓は刃物で刻まれたように亀裂が入っている。入り口を入ると、三つの岐路が待つ。運命の道のホロコーストの塔に入ると、そこには屋根の小さな穴から一脈の光線が指すだけの闇の空間がある。その沈黙の空洞には死者の魂がさまよい、無言の叫びが聞こえた。別の部屋には、鉄片に彫られた何千もの犠牲者の顔が、冷たい床に放り出されていた。

ユダヤ人ミュージアム（上）と鉄片に彫られた何千もの犠牲者の顔の展示

ベルリンにはほかにも強制収容所の跡や、砲弾の痕が生々しいナチスのバンカー（地下掩蔽壕）やユダヤ人絶滅計画を記録した展示館などがあって、数日間の旅では全部を見ることは不可能だった。子どもたちは教科の一環として、元強制収容所や記念館を見学することが決められているそうで、どこのミュージアムでも先生に引率された子どもの群れを見た。

まぎれもない真実をくまなく語る記念館に行って教育を受けたドイツの子どもたちに比べて、日本では、教科書にさえ侵略や加害の事実が必ずしも十分に書かれず、祖国の本当の歴史を知らないで育つ子どもたちは、飯田進さんが書いたような「民族としての謙虚さ、精神の豊かさ、勇気を持った」大人になることができるだろうか。

ドイツ人と日本人の戦争処理の仕方にはあまりにも大きな違いがあった。二〇一四年に訪ねた靖国神社付属の遊就館のことが思い出された。そこには中国侵略もパールハーバーも大東亜共栄圏の名目のために正当化され、南京虐殺も刺突訓練も「慰安婦」も七三一部隊もなかったかのごとく美化された修正主義の歴史が描かれていた。東京、または日本中のどこを捜したら、戦争の本当の記録を客観的に伝える碑や記念館があるだろうか？　広島には資料館や平和公園があり、知覧には特攻隊の若者たちを慰霊・顕彰する記念館があるが、その視線は日本人の犠牲者に向けられている。少ない例外の一つは、第Ⅱ部に書いたwamの記念館だった。

ドイツのウィリー・ブラント首相は、ポーランドのワルソーで戦時中に起こったユダヤ人の反乱の記念碑の前にひざまずいて祈った。その姿はドイツの戦後の指導者たちが、たびたびヨーロッパおよび全世界のユダヤ人に謝った言葉とともに人々の心に訴えた。日本では小泉首相が知覧の記念館で、若い犠牲者のために涙を流したという。特攻隊の歴史は万人の涙に値する悲しいことであったが、私たちは海外の犠牲者たちのために本当に悲しんだことがあっただろうか？

コロンビア大学のキャロル・グラック教授は、今の時代には「謝罪の政治」が国際的な規範になっていると述べている。これは、ドイツがホロコーストの歴史と折り合いをつける過程で、半世紀以上にわたってヨーロッパで培われてきたもので、今はどこの国も、過去の加害行為を認めることを期待されている、と言っている。

『戦争、罪責、および第二次大戦後の世界政治の動き』(Thomas U. Berger, "War, Guilt, and World Politics after World War II", Cambridge Unibersity Press, 2012) を書いたトマス・バーガーボストン大学教授も「我々は謝罪と告発の応酬の時代に生きている」と書いている。彼の言葉によれば、ドイツは「模範的に反省している罪人」で、日本は「改悛の情のない罪人の模範例」だ。

この本を書くにあたって、痛ましいほど戦争の内省《ないせい》をしてきた戦後世代に出会った。海外の被害者へ謝罪に出かけた人たちもいれば、和解のためのグループを組織している人たちと、そうしたグループで活動する若い人たちにも会った。活動家ばかりでなく、歴史家、芸術家、ジャーナリストや普通の市民らが戦争の負の遺産に、それぞれのやり方で向き合ってきた。一人ひとりがかつての敵国に小さな橋をかけ、友情を培ってきた。だから、この本に登場していただいた日本人一人ひとりを考えるとき、日本人を一束にからげて、「改悛の情のない人びと」だとは言えない。国を代表する政治家の多くが模範的に反省してこなかったことは確かだが、国家は個人を代表するとは限らない。とは言え、改悛の情はなく、史実を歪めようとする人たちも多いようだ。

都合の悪い史実を歪めようとする人がいるのは日本だけではない。トルコ政府は一〇〇年前に約一五〇万人のアルメニア人を虐殺した歴史を今になっても公に認めていない。第一次大戦に参戦したオスマン帝国はロシアと戦い、ロシア側につく動きがあった国内のアルメニア人の反乱鎮圧に乗り出した。オスマン帝国を後継したトルコ共和国で民族虐殺が引き継がれた。トルコは、自国の歴史学者たちの示唆にもかかわらず、その一〇〇年目の記念日（二〇一五年四月二四日）にも、アルメニアに対して謝罪をしなかった。フランシス法皇は「事実を隠し、悪を否認することは、傷口に包帯をしないで出血を続けさせることである」と言った。

ソ連では、一九三七～三八年に、スターリンが、ソ連全域にわたって自分に刃向かう「反逆者」を粛清するために、空想、虚像の敵を含めて五〇万人以上を殺し、三万から一二万人を強制収容所に送った。第二次世界大戦中に、二万三〇〇〇人のポーランド人が虐殺されたカチンの森事件については、ロシアのプーチン大統領は、事件がスターリンの犯罪であり、「正当化できない全体主義による残虐行為」であるとソ連の責任を認め、ポーランドの首相とともに、犠牲者の記念碑にひざまずいた。ウクライナやポーランドやロシアでは、ユダヤ人に対してたびたび集団的迫害（ポグロム）が行われたが、それについての謝罪はされていない。

一九六五〜六六年にはインドネシアのスハルト大統領が、五〇万人の「コミュニスト（共産主義者）」を殺したと言われる。冷戦時代のことで、アメリカ政府の後押しがあったが、インドネシアはこの虐殺について、歴史の教科書にも触れていないという。冷戦時代にはこの他にチリでもアメリカの謀略によるクーデターが起こっている。アメリカはそれらの国に対する謝罪をしていない。これらとは対照的に、アメリカでは、二世紀半の長い間、白人が黒人を奴隷として扱ったことについて、二〇〇八年、国会の下院が正式な謝罪を行い、約一年後、上院がそれに倣った。奴隷制が禁止されてから一四〇年後の謝罪だった。英国もそれに学んで、同様のことをした。

日本には、「われわれはすでに十分すぎるほど謝罪をしてきた。これ以上する必要はない」と言う人もいる。確かに孫や曾孫が国の過去の罪に責任を負わされることはないかもしれない。しかし大事なことは、過去の日本が何をしたのかを正しく認識することだと思う。他国と友好的な関係を築くためにも、史実をよく知って謙虚な態度で臨むことが大事なのではないか。繰り返しとはなるが、そもそも、私たちは海外の犠牲者たちのために本当に悲しんだことがあっただろうか？

この本に登場してくださった元兵士たちは、臆することなく自分自身の行為を語り、罪のない犠牲者の死を悼んでいられた。平和と真実の名の下に、勇気を持ってここに証言してくださった老兵士たちの力強い声が、末永く記憶に留められ、日本の未来がたどる道しるべとなってくれるようにと願っている。

この本を書くにあたって、数え切れない方たちにお世話になった。取材をさせていただいた方たちには、長い時間を割いて貴重なお話をしてくださったことを深く感謝している。

この本は海外の人に読んでもらおうと考えて、最初に英語で書いたが、日本人にこそ読んでもらいたいと思って日本語で書き直した。その際、時間的な都合から、部分的に伊吹由歌子、堀越定幸、間人友紀、長澤豪、田村佳子、丸田由紀子、道中陽子、佐久間美洋、井上拓也のみなさんに翻訳を手伝っていただいた。それぞれ優秀な訳をしてくださったが、それを自分の言葉に書き変え、そのうえ大幅なカット、加筆などをして、英語版とはかなり違う本になったことをお断りしたい。

特にいとこで、元銀行員の井上拓也さんは、この本の原稿を何度も読み返し、頻繁に国会図書館に通って、本物の歴史家のように史実の検証の手伝いをしてくださった。歴史家の吉田裕先生、内海愛子先生は、忙しい時間を割いて有意義なお話をしてくださった。

海外に住んでいて情報や人脈の少ない私を助けて、取材の人選、その他の貴重なアドバイスを与えてくださった上丸洋一さん、斉藤由美子さん、倉田富士夫さん、松山英司さん、板橋幸太郎さん、田村佳子さん、叶谷のり子さんにもお礼を申し上げたい。

『「戦場体験」を受け継ぐということ』を高文研から出版された歴史研究者の遠藤美幸さんは、私の原稿を読んで高文研編集者の真鍋かおるさんを紹介してくださった。真鍋さんは優れた観点に基づいた丁寧な編集をしてくださった。

他にも十数人の方が取材に応じてくださり、それぞれ有意義で心に残るお話をしてくださった。たとえば、ビルマ（現ミャンマー）で戦った中村敏美さん、中国と沖縄で戦った近藤一《はじめ》さん、ニューギニアから生還して今に至るまで、芸術を通じて戦友の鎮魂を祈り続ける三橋国民さん、朝鮮人で戦犯になった李鶴来さん、ＮＰＯ法人ブリッジ・フォー・ピース（BRIDGE FOR PEACE）を立ち上げて、フィリピン人との和解に努力する神直子さん、ガダルカナルなど南方諸島に出かけて遺骨捜索を続ける浅草のお寺の住職、崎津寛光さんとそのグループなどの貴重なお話を、ページ数の都合で割愛しなければならなかったことが残念でならない。心からお詫びを申し上げたい。

二〇一六年一月

シャーウイン裕子

【参考文献一覧】

アジアフォーラム『元『慰安婦』の証言―五十年の沈黙をやぶって』皓星社ブックレット、一九九七年
飯田進『スガモ・プリズンからの手紙』倒語社、一九九〇年
飯田進『青い鳥はいなかった―薬害をめぐる一人の親のモノローグ』不二出版、二〇〇三年
飯田進『地獄の日本兵―ニューギニア戦線の真相』新潮新書、二〇〇八年
飯田進『魂鎮への道―BC級戦犯が問い続ける戦争』岩波現代文庫、二〇〇九年
家永三郎『太平洋戦争』岩波現代文庫、二〇〇二年
池田恵理子・戸崎賢二・永田浩三『NHKが危ない！―「政府のNHK」ではなく「国民のためのNHK」へ』あけび書房、二〇一四年
岩井忠正・岩井忠熊『特攻―自殺兵器となった学徒兵兄弟の証言』新日本出版社、二〇〇二年
内海愛子『スガモプリズン―戦犯たちの平和運動』吉川弘文館、二〇〇四年
内海愛子『キムはなぜ裁かれたのか―朝鮮人BC級戦犯の軌跡』朝日新聞出版、二〇〇八年
遠藤美幸『「戦場体験」を受け継ぐということ―ビルマルートの拉孟全滅戦の生存者を尋ね歩いて』高文研、二〇一四年
大森淳郎・渡辺考『BC級戦犯獄窓からの声』日本放送出版協会、二〇〇九年
熊井敏美『フィリピンの血と泥―太平洋戦争最悪のゲリラ戦』時事通信社、一九七七年
Kumai, Toshimi, *An Essay, US-Japan Dialogue on POWs*, January 2012 http://www.kumaibuki.com/Kumai_memoir.pdf
熊谷伸一郎『金子さんの戦争―中国戦線の現実』リトルモア、二〇〇五年
熊谷伸一郎『なぜ加害を語るのか―中国帰還者連絡会の戦後史』岩波ブックレット六五九、二〇〇五年

参考文献

倉橋綾子『憲兵だった父の遺したもの―父娘二代、心の傷を見つめる旅』高文研、二〇〇二年
Ayako Kurahashi, *My Father's Dying Wish: Legacy of War Guilt in a Japanese Family*, translated by Philip Seaton, Paulownia Press, UK, 2009
栗原俊雄『シベリア抑留―未完の悲劇』岩波書店、二〇〇九年
小林節子『次世代に語りつぐ生体解剖の記憶―元軍医湯浅謙さんの戦後』梨の木舎、二〇一〇年
五味川純平『人間の条件』三一書房、一九五六～五八年
小森陽一監修『戦争への想像力―いのちを語りつぐ若者たち』新日本出版社、二〇〇八年
笹本妙子『連合軍捕虜の墓碑銘』(取材協力・田村佳子)、草の根出版会、二〇〇四年
上丸洋一『『諸君!』『正論』の研究―保守言論はどう変容してきたか』岩波書店、二〇一一年
城田すず子『マリヤの讃歌』日本基督教団出版局、一九七一年
千田夏光『従軍慰安婦―〝声なき女〟八万人の告発』双葉社、一九七三年
高杉一郎『極光のかげに―シベリア俘虜記』岩波文庫、一九九一年
武田五郎『回天特攻学徒隊―回天は優れた兵器ではなかった』光人社NF文庫、二〇〇八年
戸部良一『日本陸軍と中国―「支那通」に見る夢と蹉跌』講談社選書メチエ、一九九九年
野田正彰『戦争と罪責』岩波書店、一九九八年
半藤一利『昭和史』平凡社、二〇〇四年
藤原彰『日本軍事史』上・下巻、社会批評社、二〇〇六～〇七年
ホームズ恵子『アガペ―心の癒しと和解の旅』いのちのことば社フォレストブックス、二〇〇三年
松井久子編『何を恐れる―フェミニズムを生きた女たち』岩波書店、二〇一四年
満田康弘『クワイ河に虹をかけた男―元陸軍通訳永瀬隆の戦後』梨の木舎、二〇一一年
吉田裕『日本人の戦争観―戦後史のなかの変容』、岩波現代文庫、二〇〇五年

和田稔『わだつみのこえ消えることなく—回天特攻隊員の手記』角川文庫、一九七二年
吉見義明『従軍慰安婦』岩波新書、一九九五年
Berger, Thomas U., *War, Guilt and World Politics after World War II*, Cambridge University Press, 2012
Bix, Herbert P., *Hirohito and Making of Modern Japan*, HarperCollins Inc., 2000
Buruma, Ian, *Wages of Guilt: Memories of War in Germany and Japan*, Atlantic Books, 1994
Dower, John W., *War without Mercy: Race and Power in the Pacific War*, Pantheon, 1986
Dower, John, *Embracing the Defeat*, Norton, 1999
E.E.Dunlop, *The War Diaries of Weary Dunlop--Java and the Burma-Thailand Railway, 1942-1945,* Penguin Books Australia Ltd.,1986
Gordon, Andrew, *A Modern History of Japan: From Tokugawa Times to the Present*, 2003
Hastings, Max, *Nemesis: The Battle for Japan, 1944-45*, HarperPress, 2007
Hotta, Eri, *Japan 1941: Countdown to Infamy*, Knopf, 2013
Lomax, Eric, *The Railway Man*, Vintage, 1995
エリック・ローマックス『泰麺鉄道—癒される時を求めて』訳・喜多迅鷹、喜多映介、角川書店、一九九六年
Taya, Haruko and Cook, Theodore F., *Japan at War: An Oral History*, New Press, 1992
Tenny, Lester I., *My Hitch in Hell: The Bataan Death March*, *Brassey's Inc.*, 1995
レスター・テニー『バターン遠い道のりの先に』伊吹由歌子ほか訳、梨の木舎、二〇〇三年
Walker, Scott, *The Edge of Terror*, Thomas Dunne Books, St Martin's Press, New York, 1950

シャーウィン裕子（しゃーうぃん・ひろこ）
1936年、名古屋に生まれる。東京女子大学卒業後、渡米。プリンストン日本語学校校長、ニューヨーク読売スペシャル・コレスポンドを歴任。1991～99年までスイス在住、99年以来、英国のバースの近辺、ウィンズレイに住む。
著書に英語で書いた小説 Eight Million Gods and Demons（邦訳『夢のあと』〈講談社〉)、『女たちのアメリカ―フェミニズムは何を変えたか』（講談社現代新書）、『老いるヒント―長寿先進国イギリスに学ぶ人生の秋の深め方』（情報センター出版局）、『生まれ変わるヨーロッパの家族』（インパクト出版会）、『それでもぼくは生きぬいた―日本軍の捕虜になったイギリス兵の物語」（梨の木舎）、*Japan's World War* II *Legacy,*Quartet,London、2015など。

戦争を悼む人びと

●二〇一六年二月八日――――第一刷発行

著　者／シャーウィン裕子

発行所／株式会社　高文研
東京都千代田区猿楽町二―一―八
三恵ビル（〒一〇一―〇〇六四）
電話03＝3295＝3415
http://www.koubunken.co.jp

印刷・製本／シナノ印刷株式会社

ISBN978-4-87498-589-2　C0021